UIS GERMONT (Rose-Thé)

Loges d'Artistes

Dessins de Félix FOURNERY

Conserver cette couverture

E. DENTU - PARIS

Noizette

LOGES D'ARTISTES

Ce livre n'est pas un livre de critique. Le rang des loges n'implique aucune idée de classification.

C'est l'ordre alphabétique seul, qui a déterminé la place de chacune de ces esquisses.

Nous devons remercier MM. Chalot, Nadar, Benque, Boyer, successeur de van Bosch et Lejeune-Joliot, pour l'empressement qu'ils ont mis à nous communiquer les documents dont nous avions besoin pour ce volume.

L. G.

LOUIS GERMONT (Rose-Thé)

ÉLOGES D'ARTISTES

Dessins de Félix FOURNERY

PARIS

E. DENTU, ÉDITEUR

LIBRAIRE DE LA SOCIÉTÉ DES GENS DE LETTRES

3, PLACE DE VALOIS, PALAIS-ROYAL

—

1889

Tous droits réservés.

Fort heureusement pour le succès, d'ailleurs certain, de votre ouvrage, il faut me tenir pour un merle blanc de l'espèce et les merles noirs foisonnent. Les merles noirs pullulent autour de la Comédienne qui se vêt ou se dévêt, et si chacun d'eux veut posséder un exemplaire du joli livre, Madame, où vous dépeignez les plus belles, il faut dès à présent le tirer à cent mille. C'est le dommage que je vous souhaite pour la niche que vous me faites.

A l'âge où l'on ne voit dans la vie qu'une grande route droite, large et sans ombre parce que l'on se sent marcheur allègre et voyageur avide d'horizon, je me laissais aller à fulminer contre ces pauvres filles de Théâtre si gentiment inconscientes du rôle social qu'elles remplissent et qui croient de toute leur âme que la destinée féminine est uniquement d'être brune ou blonde. Hélas ! j'étais un naïf moi-même ; je gaspillais ma foudre aux perruches. Les Comédiennes, je l'ai su plus tard, sont de bonnes créatures, serviables, généreuses, honnêtes aussi à leur manière, et parfaitement capables d'héroïsme. Et même depuis que l'Église ne les persécute plus, il n'est pas rare d'en rencontrer de fort vertueuses, épouses fidèles, mères excellentes et bonnes ménagères. Vous pourriez nous en citer, Madame, quelques-unes d'aujourd'hui dont Satan n'aura pas les âmes, s'il les guette. Il ne compte plus, dit-on, que sur celles qui vont à

A MADAME

MARIE LAURENT

LA GRANDE ARTISTE DRAMATIQUE

ET LA FONDATRICE DE L'ORPHELINAT DES ARTS

HOMMAGE

DE SINCÈRE ET BIEN VIVE ADMIRATION

LOUIS GERMONT

(Rose-Thé)

la messe. Il est vrai qu'elles sont encore assez nombreuses. Les plus damnables finissent marguillières. C'est d'ailleurs bien fait pour l'Église, à cause de ce que je viens d'en dire.

Donc à présent tout est changé. Les voilà dames et bourgeoises, du moins pour la plupart. Et si l'exception confirme la règle, c'est comme les évêques, avec une gifle. Elles font lire à leurs maris les déclarations des potaches libidineux et lyriques, et quand elles ont un béguin elles divorcent. Ces choses ne me rajeunissent point.

De tout temps, le plus grand reproche que les philosophes ont adressé à la Comédienne, c'est d'être deux fois femme. Je penche à croire qu'elle ne l'est que tout à fait, et franchement, et que ce sont les autres qui se retiennent. La fille d'Ève pour qui l'unique préoccupation de ses jours et de ses nuits ne serait pas d'être brune ou blonde, avec les nuances, viendrait d'un paradis où il n'y aurait pas de serpents sur les pommiers. Or le paradis où il n'y a pas de serpents sur les pommiers n'existe pas, même dans la pensée de Dieu. Par conséquent il faut être brune ou blonde et tout est là, soit au Théâtre, soit ailleurs, et encore à la messe. Votre livre, Madame, ne traite pas d'autre chose, car vous êtes Femme vous-même et vous avez joliment raison ! Je vous prédis la gloire et vous l'annonce.

Voilà qu'à mon tour je vieillis et qu'on me demande des préfaces. Dix êtres sortis de moi et rentrés dans le néant y sont allés rejoindre les moissons fauchées des idées vécues, où l'inexpérience semait sa folle avoine, et j'en suis encore à savoir si ce n'est pas la Femme, simple ou double, qui détient la vérité, et si toutes les questions de l'Amour, de l'Art et de la Vie, où nos philosophies s'épuisent, ne se réduisent pas à ce to be or not to be : *la couleur des cheveux ! Si Hélène eût été brune, au lieu d'être blonde, plus de guerre de Troie, partant plus d'Homère, Madame ! Or, comme le disait si drôlement Jules Vallès, on ne se représente pas l'Humanité sans Homère ! Mais Hélène fut blonde, et nos malheurs s'enchaînent. On aime, on trompe, on joue la comédie, on rend le pain bénit, on divorce — et l'on fait des préfaces. Vous, vous êtes chataîne, Madame, et moi, je suis presque blanc, de là vient que tout ce qu'on écrit est inutile, et que vous daignerez agréer pour vos Loges d'Artistes, les vœux de réussite d'un confrère dévoué et incompétent.*

ÉMILE BERGERAT.

Madame Barretta-Worms

ADAME, Monsieur fait dire à Madame que Monsieur est prêt!

...Worms, le très distingué comédien, et sa femme, l'*Henriette* incomparable, se sont, ce soir-là, donné la réplique dans la même pièce. Et ils achèvent tous deux de s'habiller, chacun dans leur loge, ne communiquant que par l'entremise de la femme de chambre; — tels les comtes et les comtesses qu'ils ont tous deux coutume d'incarner sur la scène.

Cependant, Madame s'est attardée à quelque amusante causerie avec la rieuse Samary ou la mignonne

Reichemberg, et c'est à peine si elle a commencé sa toilette.

Elle en est encore à débarrasser sa joue fraîche du blanc gras.

Assise devant la glace, sur une chaise basse, vêtue, sur sa jupe, d'une blouse en surah crême, aux manches courtes et larges, garnies de dentelles; rapidement, en un joli geste qui découvre jusqu'au coude son bras blanc, d'un modelé exquis, et fait briller sous la lumière ses ongles nacrés, encore quelque peu avivés de rose artificiel, et sa main, potelée et fine, elle passe sur ses joues, son front, toute sa figure, un linge de batiste qui enlève, du même coup, le rouge des narines, le blanc de la peau et le noir des yeux.

Puis, en un tour de main, elle défait ses cheveux. Quelques instants suffisent pour qu'elle soit recoiffée. Et peu de minutes après, elle est prête à quitter le théâtre, vêtue avec une simplicité extrême d'un costume d'une impeccable élégance.

*

* *

Madame Barretta est une des rares artistes qui soient

aussi jolies, vues de près, à la ville, que sur la scène, avec l'éclat de la rampe et les savantes peintures qui donnent à toute actrice la beauté qui lui plaît.

Quand, debout dans sa loge, un mignon chapeau la coiffant à ravir, le cou perdu dans une chaude fourrure, elle arrange, vite, avant de partir, une mèche folle de ses cheveux, ou un pli rebelle de sa robe, les glaces qui l'entourent reflètent un si joli profil, spirituel et piquant, que la belle Mlle Dubois, toute pétrie de lys et de roses, et coiffée en reine du dix-huitième siècle, en est, dans le cadre ovale où vieillit son pastel, jalouse à froncer les sourcils, au risque de détruire la belle harmonie de son portrait dessiné dans le goût de Fragonard et de Boucher.

Ce portrait donne la note dominante de cette loge : une mignonne bonbonnière, au décor pompadour, où la propriétaire apparaît comme une savoureuse praline au milieu d'un tas de jolies choses, dragées de haut goût, ou pastilles à la piquante senteur.

Loge d'étoile — ciel d'étoiles.

Sur un plafond blanc, une myriade d'astres d'or scintillent, éclairés d'une éclatante lumière par des brûleurs électriques jaillissant un peu partout, et des lampes plus bourgeoises toujours allumées.

Par un joli contraste, le fond de la tenture des cloisons

est rouge uni. Et là-dessus, s'avive une jolie cretonne blanche à fleurs Louis XV, découpée en longues bandes verticales divisant chaque mur en plusieurs panneaux, courant en plis élégants le long des corniches et des lambris, encadrant les glaces, se drapant gaîment autour des fenêtres et devant la porte.

C'est là le décor, le squelette.

Mais on voit bien vite que cette loge est habitée depuis longtemps et que Madame Barretta n'est pas nouvelle venue dans la Maison de Molière : il y a ici, en effet, tout un monde de bibelots qui indique le logis occupé des années et soigné comme un salon ou un boudoir.

La loge est carrée, située au troisième étage.

La porte est placée à l'un des angles, et comme dans toutes les loges de la Comédie-Française, elle donne sur une toute petite antichambre dessinée par deux pans de draperie.

A droite, en entrant, on trouve dans un retrait la toilette surmontée d'un miroir à trois pans dont deux sont mobiles, et encadré d'étoffe pareille à celle des tentures.

En face de la toilette, une fenêtre aux rideaux de dentelle riche, et, sous la fenêtre, un canapé.

Le panneau de droite est occupé par la cheminée pla-

LOGE DE MADAME BARRETTA-WORMS

cée au milieu et surmontée d'un miroir, et par un petit meuble de Boule à tablette de marbre et à tiroirs, debout dans l'angle de la fenêtre, au-dessous du portrait de Mlle Dubois, déjà signalé.

Devant le panneau de gauche que la disposition des lampes et des becs électriques laisse un peu dans l'ombre, est seulement placé un petit guéridon noir, à filets or.

Des sièges s'espacent à l'aventure, disposés sur un joli tapis blanc, à ramages bleus.

Sur la cheminée, un superbe vase de Sèvres, bleu de roi, contient toujours des fleurs simples, marguerites ou roses blanches.

Sur la tablette du meuble de Boule, dix bibelots se coudoient, des lampes riches, ornées et peintes de façon originale, des statuettes, des vases.

Et, à tous les murs, des cadres en grand nombre s'accrochent contenant des souvenirs ou des hommages à Madame Barretta.

Voici un autographe de Victor Hugo, adressé à l'actrice.

Une gravure donnée par l'acteur Régnier, et un portrait de celui-ci, tous deux avec une flatteuse dédicace.

Voilà, donné par Emile Perrin qui était plus chiche de ses autographes qu'un roi ou un poète, un portrait de l'ancien directeur de la Comédie-Française, signé Adrien Marie, et découpé dans un journal illustré. Deux lignes très aimables du feu autocrate de la Maison de Molière en font tout le prix.

Plus loin, un portrait de George Sand, gravé par Grèvedon, rappelle les amicales relations qui unirent la grande romancière à la charmante artiste.

Et d'autres, d'autres encore, que j'oublie... ou de nouveaux, arrivés sans doute depuis que je n'ai eu le plaisir de voir Madame Worms dans sa loge.

*

*   *

La légende raconte qu'Emile Perrin, passant un jour dans le couloir du foyer, entendit derrière la porte un tel gazouillis de notes perlées, flûtées, cristallines, qu'il crut que, par une fenêtre ouverte, tout un peuple d'oiseaux de toutes races s'était introduit dans la maison sacrée et y chantait les louanges de sa troupe passée et présente, dont les portraits couvrent tous les murs et se reflètent cent fois dans les hautes glaces et le parquet admirablement ciré.

Désireux d'écouter de plus près le concert, il entra...

... Sur un divan, assises tout près l'une de l'autre, Blanche Barretta et Jeanne Samary, seules, causaient en bonnes amies qu'elles sont.

Perrin, qui était entré sans bruit, n'ayant pas été aperçu, se retira sans qu'aucune des deux interlocutrices eût aperçu ou pressenti l'indiscret.

C'est là la légende.

La vérité est que Blanche Barretta a une voix merveilleusement timbrée, qu'elle cause avec autant d'esprit qu'en ont, dans les pièces qu'elle joue, les personnages qu'elle interprète, et que — dam ! — malgré sa modestie bien connue, il ne lui déplaît pas de montrer ses qualités naturelles, surtout lorsque ça ne tire pas à conséquence. Comme avec Jeanne Samary qui, certes, ne reprochera jamais à personne d'aimer à caqueter.

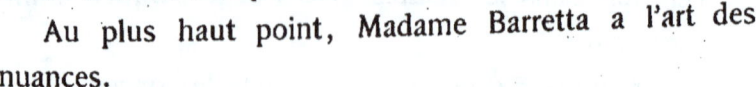

Au plus haut point, Madame Barretta a l'art des nuances.

Un jour, je l'entendis, dans un moment d'épanchement, rappeler la mort de son père survenue l'hiver dernier, dire sa douleur quand arriva ce malheur, après des mois d'inquiétude, des nuits passées au chevet du malade qu'elle abandonnait seulement pour courir à son théâtre, peindre son désespoir, le vide qu'elle sentit un instant en elle et la consolation qu'elle trouva dans l'affection de son mari et l'amour de son fils, chéri par-dessus tout.

En parlant, elle avait dans la voix une émotion si communicative, et le chagrin que le souvenir ranimait en elle se peignait si vivement dans ses yeux et sur sa figure, que chacun se sentait envahi d'une émotion égale à la sienne et partageait sa douleur.

... De ce jour-là, je demeurai convaincu qu'il entre dans le talent de Madame Barretta autant de naturel que d'acquis, et qu'elle ne joue si merveilleusement certains de ses rôles, que parce qu'en se mettant totalement dans la peau de ses personnages, elle arrive à s'identifier à eux au point d'éprouver réellement leurs joies et leurs peines et de les rendre comme si elles lui étaient propres.

On a eu un exemple frappant de ce que j'avance dans une pièce célèbre, mal accueillie d'abord et qu'on reprendra sans doute bientôt avec succès: *Les Corbeaux*.

Madame Barretta, la forte tête de la famille Vigneron,

joua avec une admirable simplicité la scène où sa sœur (Suzanne Reichemberg) lui fait l'aveu de sa faute. Et elle sut mettre une innocence exquise dans cette phrase qu'elle laissa tomber avec une bonne foi à désarmer toutes les critiques :

— Je ne comprends pas !

Ce sont là des mots et des scènes pour lesquelles le talent ne suffit pas : il faut trouver en soi des accents de vérité supérieure pour empêcher le public d'en modifier le caractère par un commentaire malveillant et inopportun.

*

*

Sait-on qu'aujourd'hui Madame Worms est sous-doyenne de la Comédie-Française, dont elle fait partie depuis près de quinze ans ?

Elle est née à Avignon où son père possédait un hôtel très fréquenté des voyageurs. Et dès l'âge de huit ans, elle récitait à ceux-ci des fables de La Fontaine avec tant de charme et d'esprit que plus d'un s'en allait en disant à son hôte :

— Mais il faut mettre cette enfant-là au théâtre !

Pourtant, le père résista longtemps et ce n'est que vers 1865 qu'il se décida à conduire sa fille à Paris où elle entra au Conservatoire.

Tout de suite, Régnier, à la classe duquel elle appartenait, la prit en affection quasi paternelle. Il lui prodigua ses excellents conseils. Elle possède de lui des lettres très intéressantes où l'excellent professeur développe avec un style très clair les théories de l'art qu'il avait si bien pratiqué.

La guerre de 1870 la retarda quelque peu et ce n'est qu'en 1872 qu'elle put enfin débuter à l'Odéon, dans le rôle d'*Agnès* de l'*École des Femmes*. Elle joua ce rôle de si remarquable façon que, malgré l'indifférence presque complète où le public, encore sous le coup de terribles émotions, tenait alors le théâtre, elle sut forcer l'attention et du jour au lendemain jeter les bases d'une réputation qui ne devait plus aller qu'en augmentant.

Ce n'était pas, d'ailleurs, la première fois qu'elle montait sur les planches, ayant, en 1865, joué le rôle de la petite fille dans le *Supplice d'une Femme*.

George Sand fut parmi les personnes qui apprécièrent de suite la débutante.

Après qu'elle eut joué *Henriette* des *Femmes savantes*,

l'auteur de la *Petite Fadette* la jugea la meilleure ingénue d'alors. Et, conformément à cette opinion, lorsqu'elle donna à la Comédie-Française le *Mariage de Victorine*, elle exigea que la jeune Barretta fût engagée pour jouer le principal rôle de femme.

Malgré tout ce qu'on put dire, le succès fut immense, et, du coup, la jeune artiste, à peine âgée de vingt ans, fut sacrée pensionnaire de la Comédie-Française.

Le lendemain de la première, George Sand écrivit une lettre charmante et pleine de gratitude à son interprète, et jusqu'à sa mort conserva avec elle d'affectueuses relations d'écrivain aimé à artiste appréciée.

Madame Barretta ne s'en est pas tenue longtemps aux ingénues proprement dites.

Elle s'est fait une spécialité des rôles de jeunes femmes, mariées ou non, mais dont le caractère dominant est la sagesse, le bon sens et l'honnêteté.

Elle a su donner tant de relief à ses personnages qu'elle en a fait un emploi et qu'on dit aujourd'hui d'une artiste :

— Elle joue les Barretta! comme on dit : les Dugazon. C'est dans ces emplois que, grâce à sa beauté d'une

jeunesse incomparable — toujours vingt-deux ans — et à son talent sans conteste, elle a obtenu ses plus grands succès.

Elle a, une fois de plus, dans un de ces rôles, « sauvé » le *Flibustier* de M. Richepin

*

* *

Madame Barretta a épousé son camarade M. Worms, au commencement de l'année 1883.

Elle habite l'hiver, avec son mari et son petit garçon, âgé de quatre ans, un très bel appartement situé rue de Courcelles, non loin du parc Monceau dont l'air lui apporte les fraîches émanations.

Elle va, en général, beaucoup dans le monde, soit en invitée, soit à titre d'artiste. Mais, cette année, en deuil de son père, elle a vécu d'une vie presque cloîtrée.

Elle reçoit peu, et n'a pas de « jour »; les répétitions imprévues ne lui permettant jamais de compter sur une après-midi.

L'été, elle va vivre à la campagne, au bord de la Seine. Worms et elle viennent à Paris lorsqu'ils sont obligés de jouer.

Et, presque tout le temps qu'elle a de libre, elle le passe sur l'eau, en canot, avec son fils.

Elle aime le bercement doux de la rivière. Et c'est là, tout en faisant quelque ouvrage de dame qui occupe les mains et laisse l'esprit libre, qu'elle pense à ses personnages, compose ses rôles, cherche et trouve les traits qui leur donneront du relief et feront de la figure qu'elle incarnera une personnalité.

MADEMOISELLE BARTET

OUR parler comme il le faudrait de cette artiste exquise, je devrais emprunter à une pimpante marquise du siècle dernier, son langage tour à tour gracieux et sévère, frivole et mélancolique.

Jamais Mademoiselle Bartet ne fut mieux *elle-même* à mon avis que dans *Adrienne Lecouvreur*, sa dernière création avant *Pépa*.

La poudre à la maréchale, les mouches, le rouge et les paniers froufroutants, semblent faits pour sa grâce frêle : la mouche assassine ne le fut jamais plus qu'au coin de ses lèvres, et la poudre a été créée, dirait-on, pour allumer dans ses superbes yeux noirs les flammes qui l'illuminent toute.

2

Pourtant, et je ne suis pas seule à l'avoir remarqué, il y a dans le sourire de Mademoiselle Bartet je ne sais quelle mélancolie lointaine, qui lui donne un charme de plus.

Elle vous parle de choses gaies, vous accueille avec une poignée de mains cordiale, vous ouvre parfois son cœur en des confidences, sans que s'efface l'ombre qui l'enveloppe.

Et l'on se sent tout de suite attiré par la sympathie irrésistible de cette mélancolie. Sans en connaître la cause on plaint cette tristesse, et c'est un lien de plus entre la délicieuse femme qui d'un sourire vous a conquis, et celui ou celle qu'elle tient ainsi sous le charme de sa voix caressante.

Qui n'a pas en quelque coin de son cœur une douleur cachée? En reconnaître la trace chez une autre personne, c'est un appel immédiat à l'amitié.

Mademoiselle Bartet adore le siècle de Louis le Bien-Aimé, les objets qui l'entourent, les meubles, les tentures, les bibelots, datent tous de cette époque charmante, et l'on n'est point surpris en entrant chez elle de revivre l'époque disparue, tant la femme est une incarnation adorable de ce temps; on ne conçoit même pas qu'elle puisse habiter dans un appartement moderne, et c'est

presque un étonnement de rencontrer l'artiste vêtue à la
mode de 1889, tant il semble qu'elle doit constamment
porter les robes Watteau et la coiffure en frégate.

LOGE DE MADEMOISELLE BARTET

Sa loge est située au troisième étage de la Comédie-
Française. Elle est construite sur le même modèle que
les autres, c'est-à-dire le petit couloir antichambre en
entrant, la toilette à droite avec grands panneaux de
glaces, et la grande garde-robe dissimulée par une porte

drapée dans le fond, afin que la loge puisse servir de salon.

Mais où elle ne ressemble à aucune, c'est dans l'aménagement. Les tentures en cretonne fleurie de bouquets Pompadour, les sièges tendus d'étoffes de soie aux nuances adoucies, avec ces coussins de plumes si douillets qu'affectionnaient nos aïeules, puis, des gravures du temps, quelques peintures signées des célébrités de ce siècle, et sur la cheminée entre deux lampes merveilleuses, le buste en bronze de Molière.

Il y a, dans un angle, un amour de secrétaire, qui doit contenir dans quelque tiroir à secret toute la correspondance galante de quelque marquisette, et chaque fois que Mademoiselle Bartet l'ouvre, ce secrétaire, il s'en échappe une odeur discrète, exquise, qui vous fait remonter au cerveau tous les souvenirs, tout le charme du temps passé, et qui évoque l'ombre vague de quelque femme en peignoir Watteau, ses petits pieds dans des mules à haut talon, les bras nus, et le coin des lèvres souligné par la mouche assassine.

Elle est assise et sur sa figure mutine passe en cet instant une ombre de mélancolie; elle écrit, et sur le papier parfumé voici qu'une larme est tombée...

Quelque menu chagrin d'amour a fait naître cette

larme, mais elle sera vite remplacée par un sourire, car
c'est précisément parce qu'un poète de ce siècle fit quel-

ques vers rendus célèbres par l'adorable musique de
Martini :

Plaisir d'amour ne dure qu'un moment,
Chagrin d'amour dure toute la vie.

que les chagrins d'amour ne duraient alors qu'un moment.

*
* *

Les artistes du Théâtre-Français reçoivent peu dans leurs loges. C'est le sanctuaire exclusivement réservé aux intimes. Les profanes n'y pénètrent jamais.

Pendant les entr'actes, leurs changements faits, pensionnaires et sociétaires descendent au foyer généralement bondé.

Le Tout-Paris y est représenté par ses noms les plus illustres, le monde littéraire et artistique par ses célébrités, le monde politique par les chefs de parti les plus en vue.

Clémenceau y coudoie le général Boulanger, un assidu d'il y a quelque temps avec le député Laguerre et *tutti quanti*.

Les soirs où l'on donnait *Denise*, puis *Chamillac*, puis la *Souris* furent mémorables. Les couloirs de la solennelle maison étaient pleins d'habits noirs, pressés, haletants, qui se heurtaient, se bousculaient pour aller serrer la

main et féliciter Mademoiselle Bartet, la mignonne Souris-
Reichemberg, et la charmante Cécile Montaland.

Le succès de *Pépa* renouvelle ces beaux soirs, Mlle Reichemberg, debout au milieu du
foyer, fait des mines de chatte
en pirouettant sur ses talons,
elle lance à tout propos quelque mot à l'emporte-pièce, qui
fait pouffer sa cour, tandis que
Mademoiselle Bartet, près de
la cheminée, cause à demi-voix
tout en se chauffant avec deux
ou trois amis.

Elle est exquise surtout
dans les demi-teintes; avec
elle, pas d'éclat de rire en
fusée, pas de grands gestes,
pas de ces mots étourdissants
qui provoquent des rires inter-
minables; son esprit est discret, plein d'à-propos et très
piquant, mais elle possède à fond l'art de tout dire
en observant scrupuleusement les nuances. Avec Mademoiselle Bartet aucun choc n'est à craindre, les paroles
s'adoucissent en passant par sa bouche. Son talent est

fait d'une grâce suprême jointe à une finesse inouïe, à une distinction sans pareille, qui font d'elle le type accompli de la femme du monde.

On l'a bien vu avec *Francillon*, ce rôle si périlleux dont elle fit une création inoubliable, avec *Denise, Chamillac, La Souris*, et dernièrement *Pépa*, où elle s'est montrée parfaite en tous points. Mais elle est, il me semble, plus séduisante encore dans les rôles à costume, tels *Adrienne Lecouvreur* et cette poétique figure de Dona Sol, un rêve qu'elle incarne et rend tangible, par le charme de sa voix pénétrante et la vision de sa beauté.

*

* *

Une légende veut que les actrices vivent exclusivement de la vie superficielle, adorablement fausse, clinquante et brillante du théâtre. Pour un certain public l'actrice, selon lui, est partout sur la scène, car lorsqu'elle la quitte c'est pour marcher sur des fleurs, au milieu d'une foule d'amoureux, des diamants au front et le rire sur les lèvres.

Une actrice ayant un intérieur qu'elle aime, qu'elle pare, où elle se plaît, un salon qui n'est pas constamment illuminé et fleuri pour une fête splendide, une famille enfin au milieu de laquelle elle vit heureuse ; quelle absurdité ! quelle folie !

Tout le monde vous dira que les actrices mènent sans discontinuer une existence brillante, faite de triomphes, d'applaudissements, de bruit.

Aux personnes qui croient cela, je répondrai à leur grand étonnement que les actrices d'aujourd'hui, ont en dehors du théâtre le même genre de vie que les « bourgeois » (quelques-uns même le sont plus que les vrais) ; je citerai comme exemple presque tous les sociétaires de la Comédie-Française.

La plupart sont mariés, ils habitent la campagne l'été et Paris l'hiver, ainsi que le commun des mortels, ils ont des enfants et les adorent, les choient, les caressent aussi follement que les parents les plus idolâtres, et ne sont pas mondains pour deux liards.

Mademoiselle Bartet a deux passions en ce monde : son fils, un grand garçon de quatorze ans, et le théâtre.

Son temps est réglé mathématiquement.

Elle se lève vers neuf heures, fait sa toilette, et tout en répétant un rôle, mettant à jour sa correspondance ou s'occupant de son fils, elle reçoit les quelques amis soigneusement triés pour lesquels la porte est toujours ouverte.

Après déjeuner c'est un tour au Bois, dans les magasins, ou la répétition au théâtre si elle est de la nouvelle pièce.

Quand elle ne joue pas le soir, Mademoiselle Bartet reste chez elle la plupart du temps, quelquefois cependant elle assiste à une première courue, ou bien s'en va applaudir une amie. Lorsqu'elle joue, l'artiste dîne à six heures, sa voiture l'amène ensuite au théâtre; elle s'habille et descend au foyer, attendant l'heure de son entrée.

De mémoire d'avertisseur, jamais Mademoiselle Bartet ne fut en retard.

Dans cette nomenclature rigoureuse j'ai omis un des passe-temps préférés de la charmante femme : courir les antiquaires afin de trouver quelque rare bibelot, quelque meuble unique.

L'appartement qu'elle habite, 210, rue de Rivoli, est un musée XVIIIᵉ siècle. La maison date du premier empire.

Le vestibule est haut et large, dallé de marbre. L'escalier tourne en spirale du haut en bas de la maison. Il a l'air de tenir sans appui et la première impression est qu'il pourrait bien se rompre, mais elle dure peu.

Au troisième, vous apercevez devant une porte un tapis de fourrure noire, c'est là chez Mademoiselle Bartet.

La sonnette tinte encore que la porte est ouverte par une femme de chambre souriante qui vous invite à entrer.

Alors commence l'illusion.

L'antichambre est meublée très simplement, mais du plus pur style Louis XV.

Vous traversez la salle à manger, et commencez à vous frotter les yeux.

Voyons, nous sommes bien en 1889?

Où donc alors est la banale salle à manger Henri II en noyer ciré, les chaises de cuir et les panneaux en tapisserie.

Est-ce un rêve? Tout cela est remplacé par des sièges et des dressoirs Louis XV. Les boiseries sont d'un gris délicat, les portes surmontées de trumeaux où se poursuivent les amours joufflus chers à Boucher. L'argenterie ciselée miraculeusement, appartenait autrefois à quelque illustre maison.

Mais une autre porte s'ouvre, nous voici au salon.

Des soies pâles à fond bleu encadrent les portes et les fenêtres, les boiseries sont blanches, les dessus de

portes ornés de peintures signées de noms célèbres au
XVIIIᵉ siècle.

Les murs disparaissent sous les tableaux de prix,
mais aucun n'est moderne.

Dans les angles voici d'adorables petits meubles du

style le plus pur. Çà et là des tables légères sur lesquelles sont placés mille bibelots exquis : éventails de
nacre, bonbonnières à miniatures, boîtes à mouches, etc.

Les meubles en bois sculpté à peintures grises sont
tendus de ces adorables étoffes de soie aux teintes passées si douces à l'œil. La chaise longue en paille dorée
que voici sous ce haut palmier servit longtemps sans
doute à quelque contemporaine de la Pompadour, et l'on
croit voir errer encore sur les touches jaunies de ce
clavecin aux sons un peu aigrelets, les doigts fuselés
d'une duchesse à tabouret.

Il y a dans ce salon de petits coins discrets comme
les aimaient nos grand'mères, des petits coins propices
aux causeries à voix basse, aux confidences, et la mise
en scène, si j'ose m'exprimer ainsi, est si parfaite, tout
y est si bien à sa place, les infinis petits détails sont si
scrupuleusement observés, que tout d'un coup le visiteur
est transporté à plus d'un siècle de distance, et qu'il lui
semble impossible de voir paraître, quand cette porte va
s'ouvrir, une femme sans poudre et sans robe à paniers,
un homme sans l'habit de satin à broderies et la perruque blanche. La porte s'ouvre en effet, et Mademoiselle
Bartet vient à vous avec son exquis sourire. Sa robe de
chambre en velours noir à longue traîne est bien mo-

derne, elle est coiffée à la mode de demain, pourtant vous n'êtes pas surpris. Elle s'harmonise si parfaitement avec les objets qui l'entourent que vous la verriez mal dans un autre cadre.

Mademoiselle Bartet doit évidemment avoir vécu au siècle passé, et pour la joie de nos yeux elle se souvient du temps où, avec des mines précieuses, elle faisait bouffer ses paniers de brocart à la cour de Louis le Bien-Aimé.

*

*   *

Les débuts de l'artiste furent très pénibles. Elève de M. Régnier, elle entra au Conservatoire en novembre 1871 et le quitta en juillet 1872 munie d'un second accessit de comédie.

C'est au mois de septembre 1872 qu'elle débuta au Vaudeville dans l'*Arlésienne* de Daudet.

Mademoiselle Bartet eut à partir de ce jour une vie de luttes constantes. Tout se mettait contre elle, et il fallut sept ans de travail acharné et de persévérance pour qu'enfin la Comédie-Française jetât les yeux sur elle et consentît à l'engager.

Par exemple, une fois entrée dans ce théâtre, elle se montra bien résolue à conquérir au plus vite le Sociétariat.

Elle l'obtint après une année d'efforts. A partir de ce jour cessèrent les hostilités et l'on rendit enfin justice à la vaillante artiste dont on peut dire avec raison qu'elle gagna tous ses grades par une victoire. Maintenant on s'incline subjugué devant son grand talent, on ne discute plus, on la sait parfaite, et, toutes les fois qu'il s'agit d'elle, la critique enfonce soigneusement ses griffes.

Contente enfin parce qu'elle a atteint le but rêvé, Mademoiselle Bartet ne songe plus qu'à se perfectionner encore si cela se peut. Son ambition est de finir sa carrière à son théâtre de prédilection et de le quitter le plus tard possible, regrettée de tous.

Ne lui parlez pas de tournées, de dollars, de coups de grosse caisse et de voyages fabuleux; elle vous regarderait étonnée, sourirait doucement et secouerait la tête. Combien elle préfère à tout ce tapage, son chez elle si douillet, et les applaudissements moins bruyants, mais plus sincères à coup sûr de son public qui la comprend et qui l'aime.

Voici, pour la curiosité, la liste des rôles joués et créés

par Mademoiselle Bartet depuis le commencement de sa carrière artistique.

VAUDEVILLE

Le Péché véniel. — Plutus. — Aline. — L'oncle Sam. — Bertbe d'Estrée. — Le Chemin de Damas.

Les Ganaches (reprise). — *La Comtesse de Sommerive* (reprise). — *Manon Lescaut* (reprise). — *Fanny Lear* (reprise). — *Fromont jeune et Risler aîné.* — *Dora.* — *Le Club.* — *Les Rieuses.* — *Les Bourgeois de Pontarcy.* — *Montjoie.* — *Les Tapageurs.*

COMÉDIE - FRANÇAISE

Daniel Rochat. — *Ruy-Blas.* — *Le Dépit Amoureux.* — *Le gendre de M. Poirier.* — *L'Impromptu de Versailles.* — *Iphigénie.* — *Jean Beaudry.* — *On ne badine pas avec l'amour.* — *Mlle de Belle-Isle.* — *Les Rantzau.* — *Le Roi s'amuse.* — *La nuit d'Octobre.* — *Mlle du Vigean.* — *Bertrand et Raton.* — *L'Etrangère.* — *Hernani.* — *Denise.* — *Apothéose de V. Hugo.* — *Phèdre de Pradon.* — *Anniversaire de Racine.* — *Chamillac.* — *Francillon.* — *La Souris.* — *Les Femmes savantes.* — *Adrienne Lecouvreur.* — *Pépa.*

Mademoiselle Bartet est, on le sait, la plus consciencieuse des artistes; jamais elle ne voudrait aborder un rôle si elle n'était sûre de le connaître à fond.

On juge par la liste donnée plus haut du travail colossal que toutes ces créations ou reprises lui donnèrent.

Elle s'est ingéniée à faire un progrès nouveau pour chaque rôle. Aussi, malgré les inimitiés et le mauvais vouloir, la critique était bien forcée de constater la marche ascendante du talent de l'artiste.

Si bien qu'aujourd'hui, tout à fait désarmés, Messieurs du feuilleton s'inclinent; ils ont épuisé la série des louanges, et se contentent de signaler le dernier succès remporté par Mademoiselle Bartet.

Mais cela ne suffit pas à la vaillante femme, et l'on peut être sûr que chacune de ses créations futures lui coûtera autant de soucis, autant de travail et de préoccupations que le rôle de ses débuts.

MADAME BONNAIRE

ES cafés-concerts ont aujourd'hui, comme les théâtres, leurs étoiles, et plus qu'eux, leur public attitré.

C'est un fait que je me contente de constater, en laissant à d'autres le soin de l'expliquer, d'en rechercher la psychologie.

Mais les coulisses du concert sont bien moins connues que celles du théâtre.

Voilà la scène avec un décor de fantaisie, un jardin formant serre, ou un vague paysage, sous un ciel bleu et rose. Là-dedans, deux portes se découpent. Et alternativement, tandis qu'à l'orchestre la grosse caisse change chaque fois le carton indicateur, un homme, en habit ou en costume grotesque, une femme en toilette

de bal ou en travesti fantaisiste, entrent les unes par
la gauche, les autres par la droite.

Certains artistes sont salués, écoutés, reconduits,
rappelés, bissés, trissés avec des applaudissements
enthousiastes. D'autres réussissent à peine à rompre la
froideur de la salle, à faire cesser un instant le bruit
des conversations, des verres et des cuillers remuées, et
les « boum! » des garçons.

Cependant, nul dans cette salle ne sait comment,
derrière ce théâtre, les artistes sont installés, comment
ils vivent, s'habillent et se déshabillent.

En décrivant la loge d'une des plus aimées parmi les
chanteuses de café-concert, j'aurai occasion d'esquisser
ces coulisses.

*

* *

C'est un voyage à l'Eldorado, où Bonnaire chante
maintenant, pour parvenir à l'envers de la scène.

A droite de la salle, une porte basse ouvre sur un escalier étroit qui descend au sous-sol. C'est de là, par une
enfilade de couloirs sombres, de marches à monter et à

descendre, de portes à franchir, que l'on arrive enfin aux coulisses.

Oh! rien de compliqué ici!

D'un côté, une seule loge pour les hommes.

De l'autre, une loge pour les femmes.

On s'y habille et s'y grime en commun.

A peine, si Paulus a pu, avec quelques cloisons se faire réserver un petit coin. Mais qu'il y a loin de là à la luxueuse loge Pompadour qu'il rêvait et qui, jadis, fit tant de bruit dans le monde des concerts.

Après avoir franchi la scène par un étroit passage ménagé dans la toile de fond, on arrive à la loge des femmes.

Madame Bonnaire, elle aussi, a son coin particulier.

Il sera vite décrit.

Quatre cloisons tendues d'andrinople limitent un étroit réduit, où, au fond, en face de la porte s'érige la toilette, tandis qu'à droite et à gauche, des patères reçoivent les vêtements de ville et les costumes de soirée.

Deux chaises... et puis... c'est tout.

Sur le marbre de la toilette, à côté d'un nécessaire luxueux, les fleurs qui colorent les cheveux et la poitrine de l'étoile, ses diamants, et les « gants frais » qui sont spécifiés, pour chaque représentation, dans l'engagement de tout chanteur de concert.

Madame Bonnaire a là-dedans
tout juste la place nécessaire pour
se retourner, et je ne sais trop
comment elle peut réussir à s'y
faire aider par sa femme de
chambre qu'elle amène chaque
soir, car l'administration ne fournit qu'une habilleuse
pour tout le personnel féminin.

La porte de sa loge doit être constamment ouverte, sans quoi il serait absolument impossible à l'artiste de respirer.

De sorte que c'est un va-et-vient des plus réjouissants.

A demi grimés, le costume à moitié lacé, les camarades de Madame Bonnaire viennent de temps en temps tailler près d'elle une petite bavette. Et, assourdie un peu, une ritournelle arrive par bouffées, ensuite c'est un vacarme formidable : — Tiens, fait Bonnaire, voilà l'orphéon de Bourgès qui attaque le refrain.

Elle est la plus proche voisine de Félicia Mallet, cette créature si bizarre, si originale, si drôle, qu'on a tant remarquée pendant les représentations de *Tout Paris à l'Eldorado*.

Les deux camarades sont très liées, et souvent Félicia Mallet achève sa toilette chez Madame Bonnaire, où elle est tranquille au moins, et plus à l'aise que dans la loge-omnibus des dames artistes.

Or, comme Mlle Mallet a pour spécialité de chanter des chansons de jeunes titis, certains visiteurs font une mine assez plaisante en pénétrant chez Bonnaire lorsqu'ils la trouvent s'habillant, en compagnie d'un gavroche aux mines ultra-faubouriennes.

Ce n'est pas un des côtés les moins curieux des coulisses de théâtre.

*

*   *

Madame Bonnaire est une méridionale, qui a obéi à une vocation irrésistible.

A quatorze ans, elle savait par cœur tous les refrains qu'on chantait alors à Toulouse.

Elle vint à Paris, commença d'utiliser ses talents en un petit concert qui a disparu aujourd'hui et qui était situé en face l'établissement de la mère Moreau.

Elle ne vivait pas encore de sa voix et était contrainte à exercer dans la journée un autre métier.

Mais elle avait déjà sa verve endiablée, son rire contagieux, et sa diction promettait.

Elle fut remarquée, trouva un engagement meilleur, put se donner tout à son art et enfin parcourut en rapides enjambées le chemin de croix qui commence aux beuglants du quartier, pour aboutir aux luxueux music-hall du boulevard Sébastopol et des Champs-Elysées, avec les grands portraits en pied sur affiches multicolores, et le nom flamboyant à toutes les murailles.

Elle était passée du rôle d'imitatrice à celui de créatrice.

Aujourd'hui dix paroliers se disputent l'honneur de lui rimer ses couplets; elle a une demi-douzaine de compositeurs à ses ordres; et l'administration lui accorde le droit de choisir elle-même ses chansons.

— Et pourtant, dit-elle en riant, je n'ai jamais appris la musique!

Qu'est-ce que cela fait? Elle a l'oreille du public.

A peine a-t-elle montré son minois chiffonné, sa bouche fraîche, ses cheveux noirs ébouriffés, et sa gorge plutôt opulente à la baie du décor, que les applaudissements éclatent, et que les rires commencent.

— Eh bien, quoi! demande-t-elle d'un air gouailleur, quand vous resterez là à me regarder d'un air étonné!... Je n'ai rien de changé!... non, vrai, j'ai quelque chose?

Et la voilà qui se tâte, se regarde, interroge les spectateurs des yeux et des lèvres, souvent demande l'avis du souffleur, en un mot, établit entre la salle et elle cette

intimité, cette communication de fluide sympathique qui
sont la clef du succès des acteurs.

Ou bien, elle affecte de se cogner, de trébucher, de
faire un faux pas, d'un air de pince-sans-rire qui est irrésistible.

C'est dans son entrée que réside une grosse part de
sa popularité. Elle allume dès le début une gaieté qui ne
cessera plus. Tel Rochefort, commençant sa chronique
par une exhilarante calembredaine.

Puis, elle dit ses couplets de telle façon, elle bat si
drôlement la mesure, quand, au refrain, le public reprend
en chœur, elle a, durant les ritournelles, des mines, des
attitudes, des interpellations si amusantes qu'elle arrache
le rire quand même, fait d'une ineptie une bouffonnerie
inénarrable et se voit contrainte, en somme, à débiter,
l'une après l'autre, ses quatre ou cinq chansons, pour
que la salle soit repue... et encore la salle écouterait jusqu'à demain.

On me croira sans difficulté : quand elle a enfin cessé
de saluer, et peut rentrer définitivement dans les coulisses, elle est fatiguée.

Heureusement, sa loge est éclairée à l'électricité, sans
quoi la chaleur y serait insupportable.

Bien vite, elle jette sa robe décolletée, ses bijoux,

FUMOIR
DE Mme BONNAIRE

et s'enveloppe d'une sorte de long peignoir sac, saumon ou crème, tandis qu'elle débarrasse sa figure de la poudre de riz et du rouge, et que sa femme de chambre transforme sa coiffure.

Puis, elle s'habille au plus tôt.

Pendant ce temps, Paulus chante à son tour. Il ajoute les couplets aux couplets, les chansons aux chansons, devant un public qui en redemande toujours. Et quand il rentre enfin dans la coulisse, hors d'haleine, suant et soufflant, furieux contre cette foule sur laquelle les vieilles chansons qu'il dit en grand artiste font un indescriptible effet, et qui lui réclame sans cesse la même rapsodie boulangiste, il n'a plus que la force de se laisser aller sur une chaise, en exhalant tout son accablement dans un mot d'une énergie unique :

— Ah!... flûte!

C'est à peu près le moment où Madame Bonnaire est prête à quitter le théâtre.

Elle parcourt rapidement le labyrinthe des couloirs de sortie, et, en toute hâte, regagne son appartement du boulevard Voltaire, où elle se repose dans un bien-être luxueux et doux.

Quelquefois, elle va encore chanter dans le monde et si on ne l'y présente pas à M. Renan, elle n'y reçoit

pas moins de superbes cachets qui viennent agréablement grossir des appointements princiers de deux cents
francs par soirée.

De tout cet argent, elle fait bon usage, vivant en
femme rangée, faisant des vieux jours
agréables à sa mère qu'elle va, chaque
année, religieusement, voir au pays.

— Et toi qui ne voulais jamais que
je chante quand j'étais petite! fait-elle
parfois malicieusement.

Je n'essaierai même pas d'énu-
mérer les chansons qu'a créées Bonnaire. Elles sont innombrables. On
les répète partout, dans les concerts de tous ordres.
Elle a ses imitatrices et ses sous-imitatrices.

Et ce qui montre combien elle donne à ses créations
de vie et de mouvement, c'est que celles-ci deviennent
vite populaires, et qu'à force de les entendre seriner dans
la rue, mises à toutes les sauces par les voix éraillées

de chanteurs et de chanteuses qui n'ont que la bonne volonté, on a hâte de retourner écouter l'étoile elle-même pour entendre de sa propre bouche une nouveauté qui chassera l'ancienne chanson devenue scie, et rafraîchira agréablement l'oreille.

Madame Bonnaire a, au concert, tous les privilèges de l'étoile.

Outre les gros cachets, elle a une loge pour elle seule, le droit de choisir ses chansons, et celui, de toute importance, de paraître la dernière, à une heure suffisamment tardive pour que la salle soit pleine, le public installé, et les consommations servies.

Droit précieux pour une artiste qui veut être entendue.

A d'autres, aux débutantes et aux pannes, la joie d'amuser les chaises vides ou d'accompagner de leurs susurrements les pas des premiers arrivants.

A celles-ci aussi, la corvée ou le plaisir de jouer dans la pièce de la fin. Madame Bonnaire n'en est pas, elle, sauf pourtant, en hiver, dans la revue : mais, le reste du temps, elle renonce absolument à faire du théâtre.

Pourtant, elle en a essayé une fois dans une féerie, au Châtelet : *Coco fêlé*, je crois. La pièce était mauvaise. Et Madame Bonnaire ne trouva pas là son succès habituel.

Ça l'a dégoûtée à tout jamais.

4

Et elle me disait un jour, dans cet original fumoir turc que Fournery a dessiné, en rappelant cette tentative et en affirmant sa ferme résolution de ne point recommencer :

— Dame ! j'aime mieux être la première où je suis que la seconde dans un théâtre !

Dernière heure. — Au moment de mettre sous presse, j'apprends que Madame Bonnaire vient de réaliser le rêve de toute sa vie. Elle a acheté à Passy un charmant petit hôtel où elle compte s'installer dès que l'aménagement sera fini. Elle vit dans les plâtras, les décombres, la peinture, et tout ce qui s'ensuit : aussi rien n'égale son ravissement !

MADAME BOSMAN

EUX mots pourraient suffire à la dépeindre ; c'est une modeste et une triste.

Elle est modeste, car toute sa vie est simple, calme, ignorée, le tam-tam des récla-mes ne retentit jamais pour elle, les échos de théâtre sont muets sur son compte sauf quand il s'agit d'un nouveau rôle à re-prendre ou d'une création à faire. Elle le veut ainsi et, entre sa vie  privée et le public, elle a bâti une muraille plus inaccessible cent fois que la légendaire muraille de la Chine.

A la ville, ses toilettes sont d'une simplicité peu ordi-naire. Elle arrive au théâtre sans bruit, invariablement

parée d'un bouquet de violettes à la ceinture, répète dans
le jour, chante le soir, et se retire comme elle est venue,
doucement, silencieusement, ne laissant dans son sillage
que l'odeur douce des violettes, lesquelles la trahissent
toujours.

A l'heure de la répétition, pour s'informer si Madame Bosman est arrivée il suffit de flairer dans le
couloir qui conduit à la scène, et jamais l'on ne se
trompe. Si ça sent la violette, elle est venue; si c'est au contraire l'odeur trop compliquée des coulisses, pas de danger
qu'elle ait passé par là.

Madame Bosman sourit avec une grâce incomparable, mais elle ne rit jamais ; jamais chez elle ne
retentissent les éclats de gaieté si fréquents chez sa belle
camarade Mlle Richard.

Pendant les entr'actes, elle remonte dans sa loge où elle
reste seule presque toujours, jusqu'à ce que la voix de
l'avertisseur lui annonce le lever du rideau. Elle passe à
travers la foule des figurants, choristes, danseuses, saluant
ses amis d'un signe de tête et d'un sourire, pénètre sur le
théâtre où elle attend appuyée contre un portant la minute
de son entrée.

Elle est très repliée sur elle-même, elle cause peu et
s'abandonne rarement, ce qui n'empêche qu'elle est sou-

PATRIE

L'INFANTE

verainement gracieuse et accueillante, mais sa nature ne
se prête pas aux manifestations en dehors.

La loge de Madame Bosman se ressent de la
simplicité de sa titulaire. Rien d'inutile ne s'y voit; aucun
bibelot ne s'y prélasse, le nécessaire et c'est tout. Très
spacieuse, comme toutes celles de l'Opéra du reste, cette
loge est éclairée à la lumière électrique, les murs en sont
tout bonnement tapissés du papier sombre fourni par
l'administration. Sur le parquet une carpette, à droite en
entrant un canapé Louis XV en bois doré, capitonné,
et recouvert de satin cerise. En face de la porte la cheminée sur le marbre de laquelle se trouve une pendule,
à côté de la cheminée une table avec un tapis. Un objet
bizarre y est posé qui frappe l'œil tout d'abord. Après
examen on reconnaît que c'est une pelote à épingles en
forme de métier à dentelle; quelque souvenir de Belgique.
Au fond de la loge est la toilette surmontée d'une grande
glace. Cette toilette est en marbre blanc, elle n'est garnie
que des objets indispensables. Devant la toilette une chaise
pour l'artiste, et... c'est fini.

Les costumes sont dans une garde-robe contiguë à la
loge.

A l'encontre des autres artistes, Madame Bosman
estime que sa loge n'est pas un salon de réception, mais

simplement une pièce dans laquelle elle fait sa toilette et ses changements, qu'ainsi le luxe y serait inutile.

Elle a fort grand air, sa démarche est royale, ses

gestes et son port remplis de majesté calme et sereine. Elle parle lentement avec un tout petit accent très distingué.

On ne s'étonne pas de sa froideur tant elle paraît naturelle chez Madame Bosman, seulement elle impose cette froideur, et inspire une sorte de respect.

L'artiste chante depuis six ans. Ses débuts eurent lieu
à Bruxelles, à la Monnaie. Très longtemps elle demeura
perdue parmi les chœurs, dévorant son chagrin; celui de
n'avoir pas de rôle.

Pourtant elle sentait bien qu'elle pouvait faire aussi
bien, sinon mieux que les autres. Mais
voilà, l'occasion ne se présentait pas;
qui sait même si elle se présenterait
jamais?...

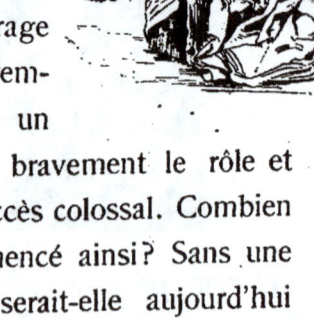

Un jour une artiste tomba subitement
malade, le théâtre, n'ayant pas de chanteuse pour la doubler, se voyait dans la
nécessité de faire relâche. Madame Bosman, pleine de vaillance et du courage
propre à sa jeunesse, s'offrit pour remplacer l'artiste indisposée. Après un
raccord au pied levé, elle chanta bravement le rôle et
remporta, cela va sans dire, un succès colossal. Combien
de réputations d'artistes ont commencé ainsi? Sans une
indisposition de Théo, Granier serait-elle aujourd'hui
étoile? et Chaumont? et tant d'autres?

La création maîtresse de Madame Bosman est celle
de Hilda dans *Sigurd*, qu'elle fit à la Monnaie.

Cet opéra ayant ensuite été monté à Paris, l'artiste

vint y chanter Hilda avec Mme Caron, la créatrice de Brunehild. Après le départ de cette cantatrice, Madame Bosman devint titulaire du rôle de la Walkyrie, pour lequel elle semble avoir été créée.

On se souvient succès de l'artiste, de l'Infante. Puis la *Dame de Monso-* pertoire, Mathilde Marguerite de Elle doit créer *canio,* l'opéra de devait être monté que l'Exposition naissance d'une création d'un autre genre,

de *Patrie* et du qui chanta le rôle vinrent *Don Juan,* reau, et dans le ré- de *Guillaume Tell,* *Faust,* etc. un rôle dans *As-* Saint-Saëns qui cette année, mais retarde, et aussi la petite fille. Cette comme disent les

journaux, tient Madame Bosman éloignée de la scène pour quelque temps.

La petite fille vient d'être baptisée et on lui a donné le joli nom de Réjane.

Il est superflu de dire que la jeune mère est dans le ravissement.

Aussi, plus que jamais aujourd'hui vit-elle retirée. Elle demeure à la campagne, 55, avenue de Courbevoie, à Asnières, et tout le temps qu'elle a de libre, l'artiste le passe chez elle, heureuse comme une reine en berçant dans ses bras le baby.

Mais ses nouveaux devoirs ne lui font pas oublier le théâtre; elle étudie plusieurs heures par jour, et plus d'une fois, sous ses fenêtres un passant étonné s'arrête.

Les trilles, les roulades, les vocalises partent en fusée, la voix admirable de l'artiste l'hypnotise.

Heureux mortel, qui peut entendre gratis l'étoile préférée de l'Opéra!

Son engagement doit durer un an encore, mais il sera sûrement renouvelé : Madame Bosman a une véritable action sur le public; d'autre part, M. Gailhard, le directeur de l'Opéra, la tient en très grande estime et ne voudra pas se séparer d'une artiste aussi aimée. D'ailleurs elle ne désire rien que rester à l'Opéra. Sa vocation est très sincère; elle chante par métier, mais surtout par goût; la place qu'elle occupe aujourd'hui fut le rêve de toute sa vie : elle y tient trop pour la vouloir quitter.

Madame Bosman a une prédilection marquée pour le rôle de Brunehild, et chaque fois qu'elle chante, elle est prise de l'émotion épouvantable du soir de ses débuts.

C'est le trac monstre, la terreur des artistes en général, auquel une artiste aussi consciencieuse que Madame Bosman ne saurait échapper. Mais c'est épouvantable pour ses nerfs, car il lui est arrivé souvent de s'évanouir en quittant la scène.

Elle a beau se raisonner, c'est plus fort que tout, dit-elle.

Pourtant elle devrait bien être persuadée de l'ardente sympathie du public qu'elle a conquis et qui jamais ne lui ménage les applaudissements.

MADEMOISELLE BROISAT

ERSONNE ne songe plus à contester le talent de Mademoiselle Broisat. Que dis-je, on le trouve trop complet. Chaque fois qu'elle joue, on lui reproche.... quoi?.... sa perfection!

Voyez un peu quels gens difficiles à vivre sont Messieurs les critiques.

Une artiste a de beaux mouvements, des scènes superbes, mais son jeu n'est pas toujours égal. On lui en veut de ces lacunes, on voudrait la voir plus sûre des moindres nuances de son rôle.

Au contraire, l'artiste ne mérite pas un reproche; toute une pièce durant, elle ne laisse pas passer une réplique sans lui donner admirablement le ton exact qu'elle doit avoir, elle ne fait pas un geste, un pas, qui ne soit mesuré de la façon la plus parfaite. — On se plaint qu'à force d'être supérieur, son jeu soit devenu monotone, et on souhaiterait quelques-unes de ces lacunes tant reprochées aux autres et qui, dit-on, servent à faire apprécier mieux encore les beautés de tout le rôle.

Mesdames les artistes, tirez-vous de là comme vous pourrez, et soyez bien persuadées que, même au cas improbable où vous seriez arrivées à concilier les deux desiderata, vous trouverez encore des feuilletonistes pour vous dire :

— C'est très bien! C'est parfait! C'est charmant! mais... il y a un mais!...

Mademoiselle Broisat, heureusement pour elle, ne se tue pas à vouloir concilier l'inconciliable : elle se contente d'affirmer à chaque nouveau rôle sa supériorité reconnue, et elle attend que les critiques se soient décidés à avouer qu'ils sont contents.

Ils sont bien forcés de le déclarer presque toujours, mais ils enragent, et, ne pouvant trouver rien à reprendre, ils s'en tirent en disant comme Francisque

Sarcey, dans un de ses derniers feuilletons : Décidément, Mademoiselle Broisat est trop parfaite!

*

*   *

Mademoiselle Broisat rencontra beaucoup de difficultés pour se faire nommer sociétaire. Ce n'est pas moi qui me chargerai d'en expliquer le pourquoi.

Cette circonstance la tint assez longtemps dans les petites loges des étages supérieurs.

Ce n'est que depuis ces dernières années qu'elle a été mise en possession d'une grande loge où elle peut donner libre carrière à son bon goût.

Cette pièce est située au second étage, à gauche et au fond du couloir sur lequel donnent toutes les loges.

On y accède par une porte à double battant, et l'on se trouve dans un premier salon servant d'antichambre, pour ainsi dire. Cette première pièce est meublée seulement d'un canapé Louis XV tendu d'étoffe claire à ramages Pompadour, placé à gauche de la porte.

Les autres cloisons sont couvertes, du sol au plafond, de hautes glaces, sans cadre, fixées dans le panneau et éclairées toutes deux par des appliques à la lumière électrique.

L'ensemble est gai, clair, un peu froid. On sent que ce n'est pas là que sont laissés les intimes.

En effet, pour ceux-ci, le quatrième côté du salon

devient au besoin une porte qui a son : *Sésame, ouvre-toi!*

Ce quatrième côté est tout bonnement formé par une immense portière tenant toute la largeur et toute la hauteur de la pièce et qu'un système de coulisses sert à relever des deux côtés.

Cette opération faite, on se trouve dans la véritable

loge, gracieuse et coquette comme peut l'être le boudoir de Lucy Wathson.

Les murs sont tout entiers tendus d'une cretonne crème à fleurs, une délicate imitation des choses si gaies à l'œil qu'on aimait au siècle passé.

Les angles des murs, la corniche du plafond, sont marqués, mis en saillie par des bandes d'étoffe rouge dont la couleur plus sombre ressort violemment sur l'ensemble lumineux.

Le premier salon est d'ailleurs décoré de la même façon, et la portière de séparation, elle-même, est formée d'étoffe pareille à celle des tentures, et drapée dans le même style.

A terre, dans toute la loge, court un épais tapis à fond rouge dont les ramages sont en harmonie avec ceux des murs et des portières.

La toilette, — le meuble essentiel de toute loge d'artiste, — est placée contre la cloison de droite. Elle est large et fort belle, garnie de tout un nécessaire, élégant et complet, marqué au chiffre de Mademoiselle Broisat.

Au-dessus de la table et jusqu'au plafond, monte un clair miroir, qui réfléchit, avec les traits de l'actrice, la lumière de petites lampes électriques, système Edison, placées de chaque côté.

5

C'est là, en quelque sorte, le seul coin que Mademoiselle Broisat se soit entièrement réservé. Tout le reste forme salon où sont reçus et trouvent à s'asseoir, à leur gré, les visiteurs connus.

Des sièges moelleux se posent un peu partout : poufs, crapauds, chaises, fauteuils, de style Louis XV, tendus d'étoffes assorties au meuble.

Et pour l'agrément des yeux, s'accrochent aux murs quelques tableaux, aquarelles, portraits, pastels, ou se dressent des meubles, ou s'étalent les bibelots de prix.

A signaler tout particulièrement, près de la cloison de gauche, une console sobre d'ornements, mais riche de style, qui supporte deux lampes magnifiques, dont les vases de Chine, très fins, sont peints de fleurs et d'animaux étranges.

Contre le mur du fond, entre les deux hautes fenêtres drapées de rideaux pareils aux tapisseries, un bonheur du jour, sculpté comme une dentelle, où les porcelaines, les ivoires, les bronzes d'art se disputent la place.

Enfin, à la même muraille, de chaque côté des fenêtres, deux forts beaux tableaux, dont l'un offert à l'artiste par l'auteur, est le portrait de Mademoiselle Broisat elle-même, dans un de ses meilleurs rôles, celui de la reine, de *Ruy-Blas*.

LOGE DE MADEMOISELLE BROISAT

On voit qu'en somme, l'ensemble est simple et n'a rien qui sente la prétention.

Au contraire, on y respire là une atmosphère d'intimité, de causeries douces ou spirituelles.

Mon impression a-t-elle été trompeuse? C'est possible. *Errare...* Mais, certes, en sortant de cette loge, j'ai peine à m'expliquer pourquoi M. Francisque Sarcey, en un jour de mauvaise humeur sans doute, a donné à entendre que Mademoiselle Broisat était douée d'une langue un tant soit peu... aiguë.

*

*　*

Mademoiselle Broisat est arrivée en peu de temps à la Comédie-Française, mais il lui a fallu des années pour s'y créer la place qu'elle mérite.

J'ai déjà dit que je ne cherchais pas à dire pourquoi.

Les débuts de la sympathique artiste remontent au mois de décembre 1866. Ils eurent lieu dans la *Maison Neuve*, de Victorien Sardou, au Vaudeville.

Ils ne furent pas éclatants, et l'artiste dut aller jouer pendant plusieurs années en province.

A son retour à Paris, elle entra à l'Odéon au moment où Sarah Bernhardt en sortait.

Quelque temps après, sans grand bruit, elle fut engagée à la Comédie-Française.

Son premier début eut lieu le 2 novembre 1872 ; elle jouait le rôle de Marcelle dans le *Demi-Monde*, d'Alexandre Dumas.

Elle fut remarquée; les habitués prédirent qu'elle res-
terait une des meilleures recrues de la maison de Molière;
quelques-uns même la « découvrirent ».

Tout cela n'empêcha
pas son second début
d'être retardé jusqu'à la
fin du mois de décembre
1874.

Cette fois encore, elle
obtint un grand succès
dans *Philiberte*, qui avait
été reprise tout exprès
pour qu'elle pût enfin dé-
ployer toutes ses qualités.

Et malgré tout, elle ne
fit son début définitif que
quelques mois après.

Mais, cette fois, elle
s'affirma complètement

dans *Mlle de Belle-Isle*. Chacun vit bien qu'elle incarnait ce
personnage à ravir, à la perfection, et, de fait, le rôle
est un de ses meilleurs.

Enfin, il fallut l'éclatant succès qu'elle remporta dans
la Ketty Bell de *Chatterton*, pour qu'elle fût promue au

sociétariat, bien après d'autres camarades qui avaient passé devant elle, grâce, sans doute, à une plus parfaite connaissance des classiques.

Mademoiselle Broisat s'en est consolée en donnant tous ses soins aux rôles qu'on lui confie, encore qu'elle n'ait que très rarement des créations de premier plan.

Et, soit qu'elle porte le binocle de l'anglaise Lucy Whatson, du *Monde où l'on s'ennuie,* ou le somptueux costume de la reine, de *Ruy-Blas,* on est bien forcé de reconnaître qu'elle mérite parfaitement qu'on lui applique, comme ce fut fait lors de son second début, ce vers pris dans *Philiberte* même :

Elle est charmante ! Elle est charmante ! Elle est charmante !

Mademoiselle Rosa Bruck

LLE a vingt-deux ans à peine, l'âge où l'on songe encore à ses débuts, et déjà dans son art elle est passée maîtresse.

Ce serait à faire croire qu'elle tient cette précocité de sa parenté avec l'artiste la plus étonnante de ce siècle : Sarah Bernhardt.

L'idéale Floria Tosca est en effet la tante de Rosa Bruck ; c'est pourquoi les initiés ne songent pas à s'étonner s'ils trouvent dans l'accent, l'intonation, la voix même de la jeune artiste,

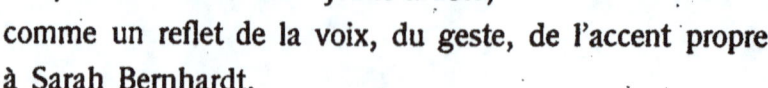

comme un reflet de la voix, du geste, de l'accent propre à Sarah Bernhardt.

Ça tient de famille, vous répondront-ils.

Depuis quatre ans déjà Rosa Bruck est pensionnaire du Gymnase. A sa sortie du Conservatoire, elle fit aux Français une courte apparition et presque aussitôt quitta ce théâtre où elle n'aurait pu assez vite se faire une réputation, pour entrer au Gymnase.

M. Koning la mit immédiatement en lumière en lui confiant le rôle de Sidonie dans la reprise de *Fromont jeune et Risler aîné*.

Ensuite vint Mlle de Cygne dans la *Comtesse Sarah*, où elle fut si touchante et si belle.

Puis le rôle de la comtesse Zicka dans *Dora*. C'est là surtout qu'elle eut comme sa tante les gestes, la souplesse, les ondulements félins de la tigresse qui rentre ses griffes pour mieux blesser ensuite, et qui la firent tant applaudir.

Elle créa un des principaux personnages de *Jalousie*, le drame si malheureusement tombé de Vacquerie, et un des premiers également dans l'*Affaire Édouard* aux Variétés où elle fut prêtée par M. Koning; mais ne le trouvant pas conforme à son talent plutôt fait pour la comédie, elle l'abandonna bientôt.

LOGE DE MADEMOISELLE ROSA BRUCK

Mademoiselle Rosa Bruck est une des plus jolies actrices de Paris. Elle porte la toilette avec un charme sans égal, et toutes les fois qu'elle inaugure une nouvelle robe au théâtre, on est sûr que le lendemain les femmes pour qui c'est possible commanderont la même, les autres se contenteront d'en rêver.

Une femme aussi jolie, aussi distinguée, aussi admirablement faite doit certainement être une source de fortune pour son couturier. Celui de Mademoiselle Bruck habille également sa tante ; c'est Félix en effet qui fit les toilettes de la Tosca.

Elle adore le luxe et les appartements somptueux. Pourtant sa loge n'est pas aussi élégante qu'on pourrait croire et cela pour une bonne raison :

Les loges du Gymnase ne sont pas en assez grand nombre et doivent être occupées successivement par plusieurs titulaires selon les besoins des représentations. Aussi les artistes, et pour cause, se contentent-ils de quelques fantaisies, lesquelles suffisent pour donner à la loge un cachet personnel, mais elles se gardent bien d'y faire un aménagement coûteux, puisque par force il sera provisoire.

Le croquis de Félix Fournery donnera un aperçu de ce qu'est la loge généralement occupée par Rosa Bruck.

Chez elle par exemple, la charmante femme se rattrape. Elle demeure rond-point Wagram, dans une superbe maison d'aspect princier.

A l'entresol, de lourds balcons de pierre portés par

des cariatides : c'est l'appartement de Mademoiselle Bruck.

Le salon est une merveille où s'entassent les étoffes précieuses, les satins aux broderies d'or fantastiques venant du Japon, les bibelots rares, les statues de marbre, les bronzes, les ivoires... Et toutes ces choses sont disposées, arrangées, pour la plus grande joie des yeux, avec un goût parfait.

Les tentures sont en peluche bleu foncé, la plupart des sièges sont de la même étoffe.

Par-ci par-là, sont installés de petits coins discrets, abrités par des paravents, qui forment cinq ou six petits salons minuscules et charmants, où il est agréable au

possible de parler à voix basse. Ils ont l'air de vous faire
signe ces petits coins et de vous inciter aux confidences.

Les portraits de Sarah Bernhardt dans des cadres
d'argent sont en grand nombre dans ce salon.

D'épais tapis couvrent le parquet de tout l'appartement, ce
qui amortit le bruit des pas; les
portes s'ouvrent discrètement
derrière les portières lourdes,
d'où je conclus que Mademoiselle
Bruck a horreur du tapage. Du
reste, elle se lève fort tard; comme
elle a raison! c'est si bon les
longues flâneries au lit !

A midi on est presque toujours sûr de la trouver couchée,
à moins qu'elle ne monte à
cheval; son autre passion avec la campagne.

Elle reçoit les intimes dans son lit; elle a son petit
lever comme les souveraines. Il est superbe, ce lit, entre
parenthèses. Tout en velours noir, brodé d'or, avec un
couvre-pieds en satin noir sur lequel sont brodées en or
également les initiales de l'artiste.

Elle est jolie comme un ange en toilette de nuit de

batiste, toute mousseuse de dentelles avec des transparents de surah bleu pâle.

Elle est d'un accueil fort aimable, sans prétention, elle sympathise tout de suite.

On la dit très bienfaisante, aussi la trompe-t-on souvent. Dernièrement, m'a-t-elle raconté, elle fut la dupe d'une intrigante, qui, sous le prétexte d'œuvres de charité, lui extorqua une assez forte somme.

L'avez-vous vue dans *Dora* en blonde ? elle était belle à ravir; pourtant voyez comme elle est bizarre : Rosa Bruck s'aime mieux en brune comme la nature l'a faite, et dans un caprice subit, ne s'est-elle pas coupé ses beaux cheveux ! Cela lui donne un air drôle, drôle au possible, une tête de loup, dit-elle.

Fichtre ! beaucoup voudraient en avoir de semblables pour enlever les toiles d'araignées.

Pardon, Mademoiselle, mais c'est vous qui êtes la cause première de cette irrévérencieuse comparaison.

Enfin qu'elle soit brune ou qu'elle soit blonde, Rosa Bruck est déjà une excellente artiste très aimée du public, et qui sous peu sera une étoile de première grandeur.

MADEMOISELLE DESCHAMPS

L<small>A-T-ON</small> enfin reconstruire l'Opéra-Comique! Où et comment le reconstruira-t-on? Ce sont là des questions que se posent avec anxiété tous les partisans de ce genre vraiment français qui mêle agréablement les trilles aux calembours et possède des vertus toutes spéciales, à savoir, de rompre la glace entre spectateurs et spectatrices, et de les précipiter lentement, mais sûrement, dans les doux liens du mariage.

Mais les amateurs ne sont pas les seuls à attendre anxieusement une décision.

Les acteurs, également, et les actrices voudraient bien être fixés à ce sujet.

Non pas qu'ils soient poussés par le seul désir d'essuyer les plâtres d'un monument neuf, mais bien plutôt parce que leur installation, dans le théâtre de la place du Châtelet, est absolument défectueuse.

Or, les coulisses de celui de la place Favart étaient déjà beaucoup trop petites et fort incommodes, on l'a bien vu le jour de l'incendie. Dans une même loge, deux, trois, quatre chanteuses étaient obligées de s'habiller, et, non pas seulement des artistes de second plan, mais aussi les premiers sujets. Ce n'était partout que courants d'air, parquets défectueux, couloirs obscurs. Et les malheureux acteurs sont tombés de mal en pis.

Ce n'était vraiment pas la peine de risquer d'être rôti comme venaison, en compagnie de deux ou trois cents malheureux spectateurs qui n'en pouvaient mais.

*

* *

Pour atteindre à la loge de Mademoiselle Deschamps, dans la bâtisse concédée à M. Pavarey, il faut accomplir une véritable ascension.

LOGE DE MADEMOISELLE DESCHAMPS

Entré par l'avenue Victoria, on monte d'abord un premier escalier assez confortable; mais on s'engage ensuite,
non sans précautions, dans une enfilade interminable de
corridors peu attractifs, de degrés étroits et de portes
lourdes.

On arrive enfin, et, il faut avoir fait bien mathématiquement le compte des marches montées pour savoir si
l'on est au second ou au troisième étage.

C'est dans un couloir assez large, où donnent plusieurs portes numérotées.

— Mademoiselle Deschamps?

— Au numéro 3.

(Avoir soin de consulter l'affiche avant de faire l'ascension, on risquerait, en ouvrant la porte de la sympathique
diva, de se trouver en face d'un tout autre visage : la
loge étant occupée alternativement par je ne sais combien
de chanteuses.)

On frappe : un judas s'ouvre au milieu du châssis, et
après quelques paroles de reconnaissance, on entre enfin
dans le sanctuaire!...

... Imaginez une reine dans une chaumière. — Telle
apparaît en ses somptueux costumes, avec son opulente
beauté, Mademoiselle Deschamps, au milieu des quatre
murs demi nus et de vagues ustensiles servant de meu-

bles qui composent sa loge, comme d'ailleurs toutes les autres loges du même théâtre.

Je n'ai eu qu'une fois le courage d'affronter les dédales des coulisses de l'ex-théâtre des Nations.

Mais je garde de cette unique fois une impression qui me restera longtemps.

On donnait le *Roi d'Ys*. Je trouvai Mademoiselle Deschamps à sa toilette du quatrième acte.

Une longue robe de laine brune l'enveloppait depuis les épaules, moulait sa poitrine, dessinait vaguement les formes par devant, se drapait par derrière en lourds plis somptueux, descendant et traînant à terre.

Ses cheveux cendrés, d'une nuance rare, issaient d'un large diadème d'or, et descendaient en flots ondés jusqu'à la ceinture de pierreries qui enserrait la taille.

L'opulente Margaret, la reine terrible et adulée, tenait dans l'une de ses mains fuselées une boîte de poudre, dans l'autre une houppe, et tout en blanchissant légèrement son cou et sa gorge, mirait son profil hautain, ses bras superbes, toute sa personne enfin — dans une glace au cadre de bois, aux dimensions exiguës, placée au-dessus d'une table de toilette également en bois, couverte d'une simple nappe blanche.

MADEMOISELLE DESCHAMPS DANS LE ROI D'YS

— Vous voyez, me dit-elle, ce que je suis obligée d'appeler « ma loge » !

— En effet, ce n'est pas féerique !

— Non, n'est-ce pas... Et, si encore, j'y étais seule, je pourrais l'égayer un peu, la décorer, la meubler au besoin, à mes frais !... Mais, voilà ; il faut la partager. Nous sommes plus d'une à nous laver à la même cuvette ! Et, comme on ne peut avoir tant de clefs, il faut laisser la porte ouverte tout le jour. Or, bien des gens passent dans les coulisses, des figurants, des choristes, que sais-je encore !... Tout cela n'engage pas, vous me l'avouerez, à faire la moindre dépense !

Pendant ce discours, je jetais les yeux autour de moi.

Pour tous meubles, des chaises avec des cartons à chapeaux, et des patères pleines de robes. Une armoire-placard, peinte en brun, le long d'une des cloisons. Et des becs de lumière électrique. Seule, à la fenêtre, une tenture assez jolie s'accrochait : des rideaux foncés à grands ramages.

— Vous regardez ces rideaux ? me demanda la diva.

— Oui! ils sont un peu mieux que le reste.

— Devinez d'où ils viennent?

— ???

C'est un souvenir... Un reste de la tenture même qui garnissait ma loge, là-bas, avant l'incendie!

Cette fois, j'examinai cette étoffe, qui pourtant n'avait rien de particulier, plus curieusement encore. Et — voyez comme l'horreur peut rester présente à la mémoire — il me sembla sentir comme une vague odeur de roussi... de chair brûlée.

Mais, du couloir tout à coup, et de la scène, en bas, des sons puissants nous arrivèrent. Des éclats de cuivre résonnaient jouant l'ouverture du quatrième acte. Puis, de grands ébranlements, des échos, annoncèrent les manœuvres des machinistes, mettant en mouvement le fameux décor de l'inondation. Puis, les trois coups... Et, soudain, quelque chose de vague, brisé par les recoins des couloirs, assourdi, faussé par la distance : le chœur.

Mademoiselle Deschamps achevait sa toilette. Il était temps. Son tour était venu de paraître en scène.

Elle descendit, avec son habilleuse portant la queue de sa robe.

Et, la suivant des yeux, j'eus encore une fois, au spectacle de sa majestueuse démarche parmi ces murs tristes, nus, humides, la même impression que tout à l'heure : quelque chose comme l'idée d'une impératrice vaguant dans les couloirs d'une prison.

Mademoiselle Deschamps habite aujourd'hui, 52, rue Lafayette, avec sa mère, un appartement tout intime. Je l'y ai trouvée un jour de cet été, la veille de son départ pour la Russie.

Ce n'était partout que malles à demi pleines, cartons éventrés, tiroirs ouverts et en désordre, mannequins habillés de somptueux costumes.

L'artiste achevait ses derniers préparatifs. Comme un capitaine à la manœuvre, elle dirigeait l'empaquetage de tout ce qu'il lui fallait emporter, elle mettait elle-même la main à la pâte, et elle trouvait encore le moyen de se fâcher contre sa couturière qui lui avait apporté une tunique faisant un pli à la taille : une véritable Mme César.

— Vous voyez, je pars, me dit-elle. Et non pour mon plaisir, je vous prie de le croire ! Quel métier je m'en vais faire ! ce soir, je chante à Lille, demain, à Bruxelles. Et dans trois jours, à Saint-Pétersbourg !

Si je ne reviens pas aphone j'aurai de la chance !...

Mademoiselle Deschamps n'est pas revenue aphone.
Au contraire. Elle a triomphé partout. A l'Arcadia, on lui
a fait des ovations perpétuelles. Les Saint-Pétersbourgeois

ne pouvaient se lasser d'écouter sa
voix chaude et d'admirer sa beauté
sculpturale.

Un mot encore : Croyez-vous
au fatidisme des nombres ?

Si oui, vous pourrez peut-être
prédire la destinée de Mademoiselle
Deschamps, d'après ce fait, qu'ayant
quitté le n° 52, de la rue Vivienne
où elle habitait, elle est venue demeurer au n° 52 de la rue Lafayette.

Y a-t-il là un présage ?

Moi, si j'étais bohémienne et devineresse, j'affirmerais
sincèrement à la cantatrice vouée au 52, que cela signifie
pour elle : Nouveaux succès, nouveaux triomphes !

MADAME DESCLAUZAS

'EST le rire, la gaieté, l'exubérance, et son nom sur une affiche signifie : ici on s'a- musera !

Elle a créé un genre d'une essence bizarre mais à coup sûr fort drôle, et les Desclauzas res- teront au répertoire.

Mais si on l'imite, on ne par- vient jamais à trouver ces mines, ces grimaces, ces haussements de sourcils et ces gestes inénar- rables qui font la joie d'une salle.

Aujourd'hui, Madame Des- clauzas ne joue presque plus que la comédie. Elle a renoncé à l'opérette sauf pour certaines reprises où elle eut d'inoubliables créations : telle la Directrice dans le *Petit Duc,* et se consacre absolument aux pièces appelées comédies dramatiques.

Elle joue dans les pièces du répertoire des rôles convenant à son emploi ; ainsi Mme Guichard dans *Monsieur Alphonse,* la dernière reprise du Gymnase, et Prudence de la *Dame aux Camélias* que l'on doit donner prochainement à ce théâtre.

Ses créations au Gymnase sont demeurées typiques. On la voit encore arriver sur la scène, un cor de chasse en bandoulière, et surchargée d'engins de pêche à la ligne dans la Madame Hobbéma de *Sapho.* Et Mme de Lavardens de l'*Abbé Constantin* qui pendant cent cinquante soirées fit se pâmer les spectateurs, de l'orchestre au paradis ! Quel couple amusant avec l'excellent Noblet ! Ils rivalisaient tous deux de drôlerie au point d'en devenir épiques. Elle avait une façon d'appeler : Paul ! Paul ! d'un petit ton sec, la bouche arrondie et les yeux écarquillés, qui était la chose la plus amusante du monde.

Et la belle-mère des *Femmes nerveuses !*

La belle-mère bourgeoise jusqu'aux ongles, méchante, acariâtre, insupportable, bonne à gifler, la belle-mère modèle, ayant invétérée la haine du gendre. Combien en l'entendant se croyaient chez eux au plus fort d'une crise, en plein dans la scène de ménage.

Car malgré sa fantaisie, son jeu en dehors et sa gaieté

débordante, Madame Desclauzas fait, de toutes ses créations,

un type si naturel, si vécu, que c'en est d'une réalité
criante.

Dirai-je qu'elle a la passion du théâtre? Quel artiste
véritable et soucieux de son art ne brûle pas du feu sacré?

D'ailleurs, mieux que quiconque elle fut créée pour les
planches. Ses parents, des artistes, jouaient en province;
ils passaient à Paris une fois l'an afin d'y chercher l'engagement de la saison.

C'est pendant une de ces stations que la petite fille
vint au monde. A peine relevée, sa mère partit emmenant
l'enfant, dans ses voyages d'actrice nomade.

Quand Marie eut sept ans, sa famille songea à la mettre
en pension. A vagabonder ainsi à la suite de ses parents,
elle n'était guère en mesure d'apprendre autre chose que
des couplets de vaudevilles et des fumisteries de coulisses.

Justement les hasards du théâtre avaient conduit la
petite famille à Amiens.

On plaça l'enfant chez des religieuses. Marie Desclauzas
y demeura jusqu'à treize ans; sa nature très impressionnable
s'était laissée frapper par la poésie intense de l'idée chré-
tienne, et un beau jour, elle avertit pompeusement sa famille
qu'elle était décidée à se faire nonne.

Comme ils étaient loin d'avoir les mêmes intentions, les
parents de la jeune fille eurent vite fait de la rappeler à eux.

On la conduisit à Paris, et au bout de quelques mois elle entra au Conservatoire, où, du reste, elle demeura fort peu de temps.

Ses débuts eurent lieu dans le vaudeville oublié aujourd'hui : *Oh ! le meilleur des pères !* qu'on monta exprès pour elle au théâtre de Reims.

La petite ingénue eut un véritable succès de beauté, et le bruit que firent ses débuts eut assez de retentissement pour que M. Hostein, alors directeur du Cirque, tint à l'aller entendre. L'épreuve le satisfit sans doute, car il se hâta d'engager la jolie et précoce fillette qu'il fit débuter sérieusement cette fois dans *Héloïse et Abélard.* Ce fut le point de départ de sa réputation.

La petite Desclauzas, comme on l'appelait, avait une voix fraîche et assez étendue, et son rêve était de jouer un rôle dans lequel elle pourrait chanter. Clarisse Miroy, une amie de sa mère, s'entremit auprès de M. Hostein pour qu'il réalisât le désir passionné de sa petite amie, mais elle se heurta à une opposition obstinée de M. d'Ennery, le fournisseur en titre du théâtre.

Ce refus était d'autant plus inexplicable que jamais M. d'Ennery n'avait consenti à entendre la débutante.

On répétait à ce moment la féerie si souvent reprise depuis : *La Poule aux œufs d'or.* M. d'Ennery n'était pas content, un des rôles de chant avait pour titulaire une artiste médiocre, et ça marchait d'une façon pitoyable.

Un jour Hostein, voulant encourager la jeune artiste, tenta une épreuve en sa faveur.

Elle n'était pas de la pièce, mais, naturellement, elle ne manquait aucune répétition, et savait le rôle qui donnait tant de souci à l'auteur.

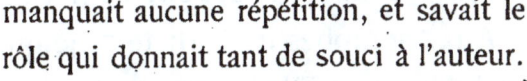

Comme Marie Desclauzas rôdait dans les coulisses, Hostein s'en vint la prendre par le bras, et la poussa jusqu'au foyer dont il laissa les portes entr'ouvertes.

— Allons, dit-il, chante !

— Chanter ! fit-elle interloquée, chanter quoi ?

—Pardi ! le rôle que d'Ennery ne veut pas te donner... Allons, vas-y, pour voir !

Desclauzas comprit. L'auteur ne devait pas être loin, et on voulait lui donner une audition forcée.

Elle réussit comme de juste. D'Ennery fut très surpris et pour cause ; il poussa un *Eureka !* formidable, ne fit qu'un bond jusqu'au foyer, et fut bien un peu confus en reconnaissant, dans la jeune artiste, la postulante que depuis si longtemps il s'obstinait à ne pas vouloir entendre. Mais il se remit vite, adressa à Desclauzas un de ces compliments

dont il a le secret et... le lendemain soir, dès la première de
la *Poule aux œufs d'or*, la débutante se transformait en
étoile.

Ses créations depuis ce jour ne se peuvent plus compter.
Tour à tour elle paraît en travesti, en jupe courte, en tunique
grecque, et chaque fois le succès va en augmentant.

Aux triomphes de l'artiste se joignent les triomphes de
la jolie femme. Elle est acclamée, fêtée, adulée...

L'Amérique l'attire un beau jour, elle va y recueillir sa
moisson de dollars ; à son retour elle continue sa tournée
par toutes les villes de France, et c'est une vraie marche
triomphale.

Mais la guerre éclate, Marie Desclauzas passe l'année
1871 au Caire dont elle est l'idole.

Revenue à Paris et pour toujours cette fois, l'artiste
crée le rôle culminant de sa carrière : Mlle Lange de *La fille
de Mme Angot*.

Et la série des créations heureuses continue, jusqu'au
jour où elle est atteinte d'une grave maladie qui la tient
éloignée de la scène pendant trois ans.

Qu'ils parurent longs à la pauvre femme, et quel réveil
douloureux quand elle dut se convaincre qu'elle avait en
grande partie perdu sa voix !

Mais le courage n'est pas la moindre qualité de la

vaillante Desclauzas, elle ne peut presque plus chanter, elle jouera la comédie, voilà !

Et c'est ainsi qu'elle débute dans ce nouveau genre aux côtés de Sarah Bernhardt à la Porte-Saint-Martin. Elle faisait Prudence de la *Dame aux Camélias*, qu'elle doit prochainement reprendre au Gymnase.

Puis, se sentant plus sûre de sa voix, elle crée successivement Mme de Tréville des *Petits Mousquetaires*, Catarina de l'*Amour mouillé*, etc., etc.

Enfin elle entre au Gymnase et j'ai dit en commençant quels furent ses principaux rôles.

On le voit, l'existence de la sympathique artiste ne fut pas précisément d'un sybaritisme outré.

Peu de carrières sont aussi bien remplies , et entre toutes ses créations et reprises, elle trouva encore le temps d'épouser M. O. de Lagoanère, aujourd'hui chef d'orchestre du théâtre des Menus-Plaisirs, mais dont elle a dû se séparer depuis pour des raisons d'un ordre tout à fait privé.

Tout ce que je puis dire c'est que la gaieté de ses rôles ne fut pas toujours naturelle, mais bien souvent de l'art merveilleusement réaliste, car, au sortir de scène, il lui arriva cent fois de finir un éclat de rire par des sanglots.

La part de douleurs que le sort réserva à Marie Desclauzas fut bien lourde à porter.

SALON DE MADAME DESCLAUZAS

Aujourd'hui je pense qu'elle est résignée et revenue toute au théâtre, sa consolation.

Elle ne sort presque pas, sauf pourtant quelquefois une promenade en voiture pour prendre l'air.

Chez elle, quelques amis éprouvés ont libre accès ; pour les importuns, porte close.

L'artiste vit au milieu de ses souvenirs, dans son joli salon de velours bleu dont les fenêtres donnent en plein boulevard Poissonnière, et qui est plein de bibelots précieux et de reliques.

Quand on veut passer une heure agréable on va la voir. Elle cause à ravir, fait des mots charmants sans même s'en douter, dépense un esprit endiablé, si bien qu'on est sous le charme, que le temps passe, passe et qu'on ne songe plus à partir. Ainsi, il m'est arrivé maintes fois d'entrer chez Madame Desclauzas simplement pour quelques minutes, et d'y rester trois ou quatre heures. Elle raconte si bien, sait tant de choses, a dans ses souvenirs des histoires si amusantes !

On passe, tour à tour, des sujets tristes aux sujets moroses, on rit, on pleure, on s'attendrit, tant elle a une voix charmeuse, suggestive, et le plus drôle c'est qu'elle fait comme vous, se laisse émouvoir également, et s'en aperçoit tout étonnée, alors seulement que son récit est terminé.

L'étoile encensée, la jolie femme rayonnante, s'est transformée en une créature exquise toute de douceur et de bonté, passant dans la vie sans tapage, bien loin du tourbillon de la vie parisienne ; elle n'aime plus qu'un seul bruit désormais : celui des applaudissements.

Je crois n'être pas mauvais prophète en lui prédisant qu'elle est condamnée à l'entendre bien longtemps encore.

Mademoiselle Jeanne Granier

LLO!... Allô!... Mademoiselle Jeanne Granier est-elle chez elle?

— Je suis là!... A qui ai-je l'honneur de parler?

— La comtesse de X....

— En quoi puis-je vous être utile, Madame?

— Je donne la semaine prochaine une grande soirée. Je veux que l'on soit gai chez moi. Je ne puis donc m'adresser qu'à vous, Mademoiselle, pour amener la joie sur le visage de tous mes invités. Puis-je vous mettre en tête de mon programme?...

Et c'est tous les jours ainsi. A chaque instant de la

journée, la toute gracieuse artiste, qui s'est allée loger au grand air, tout là-bas, au bout de l'avenue de Wagram, et n'a de communication avec Paris que par le téléphone, entend retentir la sonnerie électrique. (C'est une de nos

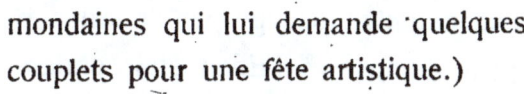

mondaines qui lui demande quelques couplets pour une fête artistique.)

Et l'étoile a beau être modeste, elle doit bien s'avouer qu'on est toujours disposé à lui faire un pont d'or pour l'amener dans les salons les plus aristocratiques de la rive gauche.

Ces soirs-là, il lui faut, sitôt le dernier acte fini, quelquefois en costume de théâtre, quitter sa loge de l'Eden et courir recueillir de nouveaux applaudissements. Quoi d'étonnant si, elle qui se donne toute lorsqu'elle chante même une bluette, se fatigue parfois à ce métier où chacun voudrait qu'elle ne prît nul repos?

Heureusement, dans la *Fille de Mme Angot*, son dernier succès, le premier entr'acte était assez long, et elle pouvait se délasser, pendant la soirée, dans sa loge — je devrais dire son salon — dont l'aspect seul égaie et repose.

Rien de simple sans banalité, rien d'un goût si délicat que cette loge !

Située au rez-de-chaussée, presqu'à la porte du théâtre, elle a été aménagée spécialement sur l'emplacement
anciennement occupé par l'un des petits foyers. C'est là,
qu'au temps où l'Eden était entièrement consacré à la
danse, les habits noirs papillonnaient parmi les petites
Italiennes au zézaiement plein de rires, aux jupes de gaze,
aux jambes à l'éloquence agaçante.

Aujourd'hui, le corps de ballet est relégué aux étages
supérieurs.

Les tutus, les pantalons de batiste et les bas noirs
se livrent à des courses folles du haut en bas des escaliers, pour gagner les loges-omnibus où les attend le café
tenu au chaud sur les lampes à esprit-de-vin.

Le rez-de-chaussée est réservé aux deux étoiles, Judic
et Granier.

La porte de celle-ci donne sur le premier couloir, en
face même de l'entrée de la scène.

Deux battants, chacun percé d'un guichet, et sur
l'un une petite affiche de papier blanc avec le nom de
l'actrice en noir.

On entre, et l'on se trouve tout de suite au milieu
d'une blancheur, un éblouissement.

Imaginez une grande pièce longue, toute tendue d'une cretonne pompadour à fleurs claires sur fond crème. Là-dedans des meubles de bambou, les sièges aux housses pareilles à la tenture, et, éclairant le tout, des lampes à gaz aux abat-jour fanfreluchés de dentelles, des appliques, dont la flamme se reflète dix fois, en tous sens, dans les glaces dressées un peu partout. C'est là ce qu'on voit tout d'abord.

En regardant de plus près, on s'aperçoit que le moindre détail est en parfaite harmonie avec l'ensemble, choisi avec le même goût raffiné.

La loge est divisée en deux parties, qu'un double rideau mobile semblable à la tenture, peut isoler l'une de l'autre.

La première, plus petite, forme salon, la seconde est la loge véritable, le cabinet de toilette où l'artiste fait ses changements. Pendant qu'elle se livre aux mains de ses habilleuses, le rideau est tiré, mais elle continue au travers, la conversation commencée avec les visiteurs laissés dans la première pièce.

Ce qui augmente encore la séparation pour l'œil, c'est que le plafond lui-même est divisé en deux parties. La corniche, vieux chêne, se prolonge au milieu en une bande de même couleur, soulignée d'un feston de cretonne.

LOGE DE MADEMOISELLE JEANNE GRANIER

Des filets de bambous forment de chaque côté deux rectangles, celui du cabinet de toilette plus allongé. Et le plafond est de la même étoffe pompadour, tendue à plat, soutenue entre les filets, par deux baguettes fixées en croix de Malte.

Le cabinet de toilette : — Deux fenêtres percent le mur le plus éloigné de la porte à droite ; les carreaux en sont de glace, pouvant au besoin aider l'artiste à examiner toutes les parties de son costume. Mais les rideaux sont presque toujours tirés.

Entre les fenêtres, une toilette Louis XV supporte un petit miroir à cadre d'ivoire, portant en écusson les initiales J. G. et des ustensiles de toilette, les uns en cristal incolore, les autres en écaille foncée, à monture d'or.

La table de toilette, sérieuse celle-là, est placée dans l'angle extrême de la loge, petite et simple, cachée par un paravent à feuillets noirs, avec broderies d'or.

Se faisant face, deux meubles à miroirs occupent les deux autres cloisons. L'un est une armoire en bambou à trois pans de glace, celui du milieu en avancé, les deux autres à angles aigus avec la muraille. L'autre comprend un grand miroir à biseaux touchant le sol, s'accotant à deux petits chiffonniers à tiroirs, le tout en bambou et pitchpin. Les chiffonniers ont une tablette de marbre. Et, au-dessous

8

SALON DE MADEMOISELLE JEANNE GRANIER

deux petits rayons forment étagère, et portent une collection
de toutes mignonnes poupées, vêtues des costumes de la
pièce en cours : autant de petites merveilles d'habileté
féminine. De chaque côté de la glace, deux passe-partout
contiennent des aquarelles d'Adrien Marie : les costumes de
Granier dans *Madame le Diable*. Des appliques à trois branches éclairent ces délicates peintures du maître illustrateur.

Par terre, règne un tapis de peluche rouge unie, sur
lequel à droite passe un chemin de toile, à dessin géomé-
trique en grisaille ; à gauche, un petit tapis d'Orient est
placé devant l'armoire.

Le sol du salon est couvert d'un tapis oriental. Des
sièges y sont disposés pour la causerie intime. En face
de la porte, un petit divan où Granier prend place sitôt son
changement fait. Au-dessus, un panache de magnifiques
plumes blanches forme pour ainsi dire une auréole, d'où
émerge en un cadre très simple, une très remarquable
aquarelle d'Adrien Marie : le portrait de l'actrice au troisième acte de la *Fille de Mme Angot*.

A droite et à gauche de ce divan, deux guéridons supportent de hautes lampes à gaz, à pied de cuivre, en forme
de colonnes à cannelures : des abat-jour évasés, en plissés
roses couverts d'une dentelle blanche laissent filtrer une
lumière très douce.

Devant le divan, deux fauteuils, deux chaises, un pouf bas, couverts de housses pompadour sont destinés aux habitués de la loge.

Le long du mur à gauche de la porte, au-dessous d'une glace longue surmontée d'un immense éventail japonais, un autre divan reçoit, chaque soir, les guirlandes de fleurs naturelles qui ornent le costume de l'artiste. Et il y a encore des fleurs partout, comme en une serre, non seulement en bouquets, en corbeilles, en gerbes, mais même en pots, croissant et s'épanouissant dans la loge. Ici, un grand chevalet en bambou orné d'une touffe de rubans roses, reçoit une véritable plate-bande parfumée; là, un panier Watteau lui fait une odorante concurrence; et des vases contiennent les bouquets apportés chaque soir, laissant à peine quelques coins sur les meubles, pour deux ou trois cadres de velours contenant des portraits de Jeanne Granier dans les *Saturnales*, une mignonne chaise à porteurs blanche à filets bleus, une très belle photographie de Romain (*Ange Pitou*) avec amicale dédicace manuscrite.

Des amis, déjà, ont exprimé la crainte de trouver un soir l'étoile, morte, asphyxiée par les fleurs; et ce serait un véritable danger, si on ne pouvait, le jour, reléguer toutes ces coquettes aux parfums si pernicieux, sur l'appui des fenêtres où, par un étroit tuyau, elles envoient leurs émanations aux loges moins favorisées des danseuses, placées aux étages supérieurs... Cette description, si longue soit-elle, ne peut donner qu'une faible idée de cette loge, où ce qui charme surtout, c'est l'atmosphère d' « habité » qu'on y respire. Un parfum d'intimité y règne, d'intimité spirituelle et gaie.

Jeanne Granier est assise sur le petit divan qu'elle préfère; elle a quelques amis près d'elle; et adossée, la tête contre l'aigrette de plumes blanches, les bras étendus, la main jouant parfois avec un livre, un roman de Bourget, elle rit de ses dents si blanches, elle cause avec un abandon charmant.

Elle raconte, babille, saute d'un sujet à l'autre, dépense de l'esprit sans compter, émaillant de temps en temps l'entretien de cette exclamation :

— Moi, vous savez, je suis très singe !

Elle a un rire clair qui éclate en fusées, ses gestes fous sont tout un poème de grâce et de gaminerie, et l'on s'amuse tant chez elle, elle s'amuse tant elle-même de la gaieté qu'elle donne, que l'avertisseur doit la prévenir trois et quatre fois avant qu'elle se décide à entrer en scène.

Il lui arrive les choses les plus invraisemblables, les aventures les plus cocasses dont elle s'amuse la première comme une folle.

Dernièrement, elle arriva dans sa loge riant à gorge déployée.

— Ah! non! ça par exemple, c'est trop drôle! disait-elle en faisant hâtivement sa tête, car selon son habitude elle entrait au théâtre n'ayant que juste le temps de s'habiller.

Et comme ses amis insistaient pour savoir le « pourquoi » de cette hilarité :

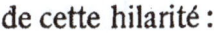

— Non, dit-elle, je n'ai pas le temps, mais tout à l'heure à l'entr'acte, je vous raconterai ça.

C'est en pouffant qu'elle fit son entrée...

Le public ce soir-là dut trouver qu'elle avait plus que jamais le « diable au corps », car elle enleva le premier acte de la *Fille de Madame Angot* avec un entrain !...

Dès que le rideau est baissé, vite, la diva court chez elle, où elle sait bien qu'on l'attend avec impatience.

— Voilà, commença-t-elle, en s'installant sur son petit divan; ce matin, en lisant le *Figaro*, je vois mon nom au Courrier des Théâtres; je regarde, et aussitôt je bondis. Que vois-je, ô ciel! Un entrefilet ainsi

conçu : « Pour la saison prochaine, il est question de monter
à l'Eden-Théâtre, une opérette à grand spectacle, sur
laquelle compte beaucoup la direction, et dont Jeanne
Granier sera l'étoile, si sa position intéressante lui permet
de jouer à cette époque. » Non, mais me voyez-vous dans
une « situation intéressante? » Pour sûr, me dis-je, ils ont
la berlue au *Figaro*. Je déjeune, je m'habille, j'y cours, il
était trop tôt, je ne trouve personne. Enfin, à mon retour du
bois, je rencontre Prével lui-même, je me plante devant lui.

— Voyons, regardez-moi bien. Ai-je l'allure d'une
femme dans une « position intéressante »?

Il en était vert-pomme et avait l'air si ahuri que je me
tenais à quatre pas pour ne pas lui éclater de rire au nez.

Mais le plus drôle, c'est qu'il me toisait, m'examinait...
scrupuleusement, je vous jure. Enfin il dit : Pourtant je ne
me suis pas trompé, c'est bien vous que j'ai rencontrée hier,
et vous n'aviez pas cette taille-là certainement. C'est de
l'escamotage...

Je compris qu'il y avait quelque erreur là-dessous.

— Où m'avez-vous vue? lui demandai-je

— Aux Mirlitons, hier à trois heures de l'après-midi.

— Sûrement, ce n'était pas moi. Je suis restée chez moi
toute la journée.

— Alors je n'y comprends plus rien.

— Moi non plus, mais ce qui est certain, par exemple, c'est que ma position n'est pas intéressante du tout.

Tout à coup une idée me vient.

— Attendez ! je crois avoir deviné l'énigme. C'est encore un tour de mon Sosie.

— Comment?

— J'ai dit mon Sosie. Figurez-vous que Mme S... S... me ressemble trait pour trait, de plus elle a ma taille, mes gestes, mes allures, tout enfin, si bien qu'on m'a prise cent fois pour elle et réciproquement. Voulez-vous parier qu'elle s'est payé le luxe d'être « intéressante » à ma place.

On fut aux informations, et l'on apprit qu'en effet mon Sosie me faisait cette nouvelle farce.

J'en ris comme une folle depuis tantôt. Non, mais ce que les lecteurs du *Figaro* ont dû ajuster leurs lorgnettes pour mieux me reluquer ce soir!

Et les entendez-vous ? — Est-ce que ça se voit ? — Oui, un peu! — Non, pas encore! cela me donnait en scène, une furieuse envie de me tordre, et tenez, ça recommence.

Jeanne Granier mieux que personne a le rire contagieux; chacun faisait comme elle.

Il paraît au reste que Mme S... S..., une de nos mondaines les plus en vue, subit le même sort que la diva.

A tout instant dans les comptes rendus de premières ou de fêtes mondaines, on la cite sous le nom de Jeanne Granier, tandis que Granier, au dire des échotiers, va dans le monde sous le nom de Mme S... S...

Une fois, nous racontait la diva, j'ai vu Mme S... S... jouer une opérette dans un salon, c'était moi à s'y méprendre et je me tâtais de temps en temps pour voir si je ne rêvais pas, si Mme S... S... n'était pas à ma place et moi à la sienne.

Au théâtre, quand je la vois dans une avant-scène cela me procure une sensation bizarre; à tout instant je me demande laquelle des deux est Jeanne Granier, même parfois en la regardant je me persuade *que c'est moi qui m'écoute !!*

Tout en donnant des tapes savantes sur la toilette virginale de la sémillante Clairette, la diva s'était levée, et, placée drôlement devant une glace, elle arrangeait avec des gestes mutins les boucles folles sur ses tempes.

Où apparaît la parfaite modestie de Jeanne Granier c'est quand, après chacune de ces invraisemblables histoires de confusions héroï-comiques, elle ajoute avec une parfaite sincérité :

— Ce qui me vexe, par exemple, c'est que Mme S... S... est une Granier en beaucoup mieux !

Avouons que la diva se juge avec trop de partialité.

Jeanne Granier habite au 88 de l'avenue de Wagram une délicieuse bonbonnière, auprès de laquelle celle qui fit, jadis, la gloire de Camargo, n'était sans doute que petite bière.

— A quelle heure peut-on vous voir, Mademoiselle?

— Toujours et jamais!

C'est un peu déconcertant.

— Mais au moins vous avez un jour?

Alors elle se campe en face de vous, se croise les bras et :

— Non, mais me voyez-vous, me voyez-vous ayant un jour? (Cette tournure de phrase lui est coutumière.) Un jour, moi! Rester chez moi tel jour de la semaine, de telle heure à telle heure afin d'y attendre un tas de gens? Mais j'en deviendrais enragée et je sauterais d'un cinquième pour éviter ce supplice.

Il m'obséderait durant six jours *mon jour !* ce serait ma terreur, mon cauchemar, brou! j'ai la chair de poule rien qu'en y pensant.

— Cependant, Mademoiselle, si on veut vous rencontrer....

— Oh! je ne suis pas Mme Benoîton, loin de là, et il suffit, pour être sûr de me voir, de me téléphoner le matin l'heure à laquelle on viendra. Quant à mes amis, ils savent où et quand me trouver, ici dans ma loge, où chez moi, c'est comme il leur plaît.

Mais ils ne me feront jamais, je vous assure, rester dans

ma maison à heure fixe pour les attendre et les recevoir!

Mademoiselle Granier est très mondaine, je crois l'avoir déjà dit; elle se couche les trois quarts du temps, quand « l'aurore aux doigts de rose, etc., » aussi ne faut-il pas s'étonner si en arrivant chez elle, vers les deux heures, on est poliment prié d'attendre un peu.

— Madame n'est pas encore habillée! avoue la femme de chambre.

Cela donne tout le temps de visiter les deux salons en enfilade qui mènent jusqu'au minuscule jardin de l'hôtel. Des tapisseries superbes recouvrent entièrement les murs et se continuent en portières. Les rideaux de la grande baie éclairant les salons, sont de soie rouge foncé aux capricieuses arabesques de couleurs.

Tout d'abord, le demi-jour empêche de rien distinguer, on voit vaguement un salon coquet, artistiquement encombré, mais c'est tout.

Puis, l'œil s'accoutume, et aperçoit semées partout à profusion, des jardinières de toutes formes, pleines de fleurs, une des passions de l'artiste.

Deux petits canapés Louis XVI en soie pâle brochée de fleurs éteintes, sont placés de chaque côté de la cheminée sur laquelle est posé un marbre remarquable, une *Femme couchée*. Deux grandes lampes de Sèvres complètent ce côté de la pièce. Dans les angles, des tables volantes, supportent mille bibelots. Et des portraits! J'en note quelques-uns, les plus marquants :

Celui du prince de Galles avec cette dédicace :

A Jeanne Granier, Londres 1881.

Celui de l'empereur de Russie, de la Czarine, etc., etc.

Devant une des tables, se dresse un paravent de peluche rouge brodé d'or. A l'un des angles est suspendue une couronne enrubannée qui doit rappeler à l'artiste un de ses beaux triomphes, à en juger par le soin avec lequel elle conserve ce souvenir.

En face de la cheminée, une grande vitrine garnie de rayons en glaces contient des merveilles. Des Saxes anciens, des éventails précieux, des vieilles dentelles, une série de médailles antiques, des bijoux, des colliers de dia-mants, des perles, des pierres précieuses, montés à la mode des siècles passés, et dont chacun rappelle à l'artiste une phase intéressante de sa vie.

Je citerai seulement parmi toutes ces reliques un auto-graphe du prince impérial que Jeanne Granier a fait encadrer avec sa photographie. Je le copie textuellement :

Un misérable (*sic*) souvenir d'une excursion en Suisse.

Signé : LOUIS NAPOLÉON.

Au sommet de la vitrine, est placé entre deux superbes vases de Chine un buste de Mademoiselle Granier (terre cuite) ; sur deux colonnettes en pendants, un *Amour* se croise les bras (marbre) ; puis un bronze : l'*Arlequin*, de

Saint-Marceaux, porte ces mots gravés sur le socle :

Richelieu. Indiana. V. K. A ma petite Jeanne.

Une aquarelle en belle place, sur un chevalet artistement drapé, est signée : Madeleine Lemaire. C'est le portrait d'André le « tout petit duc » avec cet envoi :

A sa mère, Madeleine Lemaire.

D'autre part, je vois un pastel très beau représentant la diva en Japonaise. La robe qu'elle portait pour poser sert de cadre au tableau et Mme de la Rochefoucault-Bisaccia a écrit au bas :

Souvenir du gracieux concours de Jeanne Granier à la fête japonaise. 30 mai 1883

La salle à manger donne sur le jardin. Elle est du plus pur style Henri II, c'est-à-dire meublée très sévèrement de dressoirs en poirier sculpté, de chaises en cuir de Cordoue aux initiales de la diva, et d'argenterie magnifique dont la sobre richesse met une lueur discrète sur ces étagères un peu solennelles...

Un détail en passant: Jeanne Granier adore les fruits, aussi sa table en est-elle chargée quelle que soit la saison.

C'est même, je crois, sa nourriture presque exclusive.

Au premier étage se trouve la chambre à coucher, vaste pièce tendue de soies claires brodées, d'un aspect très gai. A côté un petit boudoir tout capitonné et tout fleuri comme de juste, puis la chambre du tout petit duc, et le cabinet de toilette agencé, machiné, compliqué, aux tablettes de marbre garnies de flacons pleins d'essences, de brosses en vermeil, et de tous les ustensiles nécessaires à la toilette de la diva qui pour être un « bon garçon » n'en est pas moins une jolie femme.

Le second étage est presque entièrement réservé à une vaste pièce qui vous transporte d'emblée aux temps de la chevalerie.

Armures, tapisseries, cheminée à y loger dix hommes, vieilles faïences, panoplies d'armes anciennes, tout y rappelle les manoirs crénelés, et les châtelaines voilées de blanc, qui venaient le soir attendre leur époux au sommet de la haute tour du donjon.

D'ailleurs, au risque d'être taxée d'anachronisme, Granier, a mis là-dedans un superbe piano à queue, et s'en

excuse plaisamment en disant qu'il n'y avait pas non plus d'opérettes ni de divas en ce temps-là.

Savez-vous à quoi emploie ses loisirs le duc de Parthenay?

Il brode merveilleusement des satins et des peluches pour s'en faire des tentures.... J'ai vu le métier!

La biographie de Jeanne Granier a été faite si souvent

que je ne la recommencerai pas. Pourtant je dois dire quelques mots de ses créations.

Son premier véritable début fut la *Marjolaine* de Lecocq, mais le rôle qui la fit étoile de première grandeur a été le Petit Duc, celui qu'elle préfère au reste.

Depuis le *Petit Duc*, Jeanne Granier a créé la *Petite Mariée, Giroflé-Girofla*, la *Petite Mademoiselle, Belle Lurette, Madame le 'Diable* et tant d'autres.

Enfin viennent l'inoubliable création de *Thérèse* dans la *Cigale et la Fourmi* à la Gaîté, les *Saturnales*, la reprise de la *Fille Angot* avec Judic pour partenaire et dernièrement une brillante série de représentations du *Petit Duc*.

A ce propos, Judic lui disait un jour :

— Mais, ma chère, tu t'abîmes! Cette salle de l'Eden n'est pas faite pour le chant, la voix se perd, tu le sais, et quand même tu t'égosilles!

— Parbleu! reprit Jeanne alors, si je ne chante pas de toutes mes forces, il y aura là-bas au balcon des gens qui ne m'entendront pas!

Cette réplique donne une idée de l'ardeur et de la conscience que met l'étoile dans chacune de ses créations.

En vraie comédienne qu'elle est, elle nourrit pour le théâtre une véritable passion.

— C'est, dit-elle, mon bonheur, ma joie ; le public, je

9

l'adore, et quand il m'applaudit, j'ai encore le même émoi qu'à l'époque de mes débuts.

Elle affectionne les exercices violents, elle ne connaît pas la fatigue.

L'an passé au Monténégro, où elle voyageait, Jeanne Granier passa vingt et un jours à cheval, elle descendait seulement aux heures des repas et encore! il fallait presque la forcer pour la décider à se reposer un peu.

Elle rêve actuellement un rôle où elle pourrait tirer des coups de fusil, faire de l'escrime, monter à cheval, sonner du clairon, jouer de la harpe, escalader une échelle de corde en soie, enfin un rôle dans lequel elle pourrait donner libre cours à son goût pour les exercices qui sont d'ordinaire l'apanage des hommes.

Qu'on se le dise!

Mademoiselle Isaac

A popularité des artistes est aussi fugace, aussi changeante, et souvent aussi inexplicable que celle des hommes politiques.

Tel n'a d'autre mérite que de n'avoir point commis de crime et de s'en être vanté; c'est une outre gonflée d'on ne sait quels gaz; c'est un clown qui s'élève on ne sait comme sur son trapèze, et s'y maintient de si irrationnelle façon qu'on croirait à une illusion d'optique; il n'est rien, n'a rien fait, ne paraît capable de rien; il n'a donné de gages à personne; et voilà, un beau jour, que la foule s'en-

goue de lui, le porte au pinacle, lui offre son dos en guise
de pavois, et sa langue pour cirer ses bottes, lui découvre
mille qualités, lui attribue cent victoires, le fait dieu quand

il ne serait pas bon à être cuvette, le proclame enfin panacée
universelle, pierre philosophale, or potable, sauveur, et
souverain maître.

On le dit beau, parce qu'il est bien habillé.

On l'affirme honnête, parce qu'il appelle les autres
voleurs.

chez madame Isaac.
(la salle à manger)
Féli Fournery

Il en est de même
des artistes.

Un soir de veine, ils voient tout à coup monter
vers eux des nuages d'encens : cela dure ce que

cela peut; quelquefois un jour, quelquefois une saison, rarement une année.

Mais combien d'entre eux, s'ils étaient sincères, seraient obligés d'avouer que leur gloire, n'eût-elle duré qu'une heure, a duré trop encore pour leur talent !

Au contraire, d'autres ne rencontrent jamais ce filon de bonheur inespéré.

Ils ont tout pour eux ; ils savent, ils travaillent, ils ne s'endorment sur aucun laurier.

Mais on ne sait quel injuste acharnement du sort fait que le succès d'un jour ne leur profite plus le lendemain, que le terrain conquis est aussitôt reperdu, que leur vie est une mystérieuse toile de Pénélope qu'ils filent sans cesse, et qu'un destin aveugle détruit à mesure, et fait disparaître en entier s'ils s'arrêtent un seul instant dans leur tâche improductive...

Ces réflexions amères me venaient en songeant à Mademoiselle Isaac.

Non pas que je veuille dire qu'elle n'a pas eu ses soirs, ses mois et même ses trimestres de triomphe.

Mais parce que je cherche vainement quels souvenirs lui donnent aujourd'hui ceux-là même qui, autrefois, l'applaudissaient davantage.

Elle a, plusieurs années durant, tenu une fort belle place à l'Académie Nationale de musique. Elle y a créé des rôles importants ; elle y a remporté des succès à une époque où, plus que maintenant, les étoiles y brillaient et d'un autre éclat.

A l'Opéra-Comique, avant l'incendie et après l'incendie, elle a, un moment, paru en vedette sur l'affiche : M. Carvalho puis M. Paravey ne demandaient qu'à la retenir.

Et voilà qu'aujourd'hui, elle a disparu des scènes parisiennes ; il me faut ne point décrire sa loge, parce qu'elle n'en a pas ; et je serais tenté de crier à M. Paravey et aux échos du Châtelet :

— Paravey, qu'as-tu fait de Mademoiselle Isaac ?

Vous rappelez-vous, dans les *Contes d'Hoffmann*, le rôle de la « Poupée mécanique » que Mademoiselle Isaac avait créé? N'était-ce pas fantastique d'imitation? Ce fut un de ses plus grands succès.

Des gens nerveux croyaient l'entendre dire « Papa » et « Maman ».

Ce qui ne l'empêchait pas, d'ailleurs, de lancer, par instants, ses roulades, ses couplets, ses trilles d'une voix qui n'avait rien d'artificiel.

Hélas! on ne joue plus les *Contes d'Hoffmann* et Coppelia, la poupée si bien élevée, si charmante, si vivante, nous a été enlevée et repose ou joue, dans quelque villa isolée, dans quelque tiroir de commode!

Madame Anna Judic

L a rue Nouvelle, qui est située presqu'au haut de
la rue de Clichy, a été
construite tout récem-
ment. Elle se termine
en cul-de-sac, par un
grand mur, orné d'une fontaine.

C'est au fond de cette petite
rue, dans un coin tranquille, où
ne retentit aucun bruit, qu'est
situé l'hôtel qu'habite aujour-
d'hui Madame Judic.

A l'extérieur, cet hôtel est
d'aspect sévère, avec sa haute
porte aux ais vernis, et le grand
vitrail qui occupe entièrement l'un des pans de mur.

La porte ouverte, on se trouve dans une maison où

tout respire le luxe et la fortune. Sous la voûte, on aperçoit la cour, bien sablée.

A droite, une porte vitrée ouvre sur le grand escalier de l'hôtel.

Un domestique tout de noir vêtu, en culotte courte, et d'un excellent style, introduit les visiteurs, et, par un escalier garni de tapis laineux où s'enfoncent les pieds, où s'assourdit le bruit des pas, le conduit au salon où Madame Judic reçoit.

Les tentures lourdes cachent tous les murs.

Les fleurs, les plantes d'intérieur ornent tous les coins.

Pas une petite place libre, qui n'ait son objet d'art.

Et, dans le silence, derrière les tapisseries, on pressent l'enfilade des appartements intimes — luxueux et vastes.

Suivant le style moderne, l'hôtel comporte, comme pièce principale, un immense « hall », éclairé par des vitraux de couleur, qui est un véritable musée d'art et de luxe.

Je n'en finirais pas si j'avais à décrire, pièce à pièce, les richesses entassées là.

Les plantes tropicales, aux quatre coins, dessinent des arcs verts, font comme une voûte, sous laquelle les sièges s'espacent, nombreux et divers, de tous styles, de toutes nuances, de tous temps et de tous pays.

Les murs disparaissent sous les tableaux.

Des statues, des bustes s'érigent sur des socles.

Et ce qu'il y a de charmant, c'est qu'on peut jeter sur cet artistique fouillis un coup-d'œil d'ensemble : le hall, occupant toute la hauteur de l'hôtel, fait une trouée dans les étages, si bien que certaines pièces sont disposées de manière à former un balcon, d'où, les jours où Madame Judic donne une fête, elle peut contempler le grouillement de ses invités et invitées.

Il y a, à mi-hauteur des murs de ce hall, sur un des côtés, des balustrades de vieux chêne, placées devant de larges baies, par où prennent jour certaines pièces.

Ainsi, la salle à manger, une merveille Henri II, avec des buffets ouvrés comme des dentelles, des sièges de châtelaines, des crédences où s'étale, comme au bon vieux temps, la vaisselle plate, et des fleurs, beaucoup de fleurs.

On parvient à cette salle par un petit salon, au meuble de satin noir, à larges bandes de broderies jaunes, d'un effet exquis. Ici, ce n'est plus une collection d'objets d'art : c'est un entassement.

Les murs disparaissent sous les cadres, contenant des aquarelles, des pastels, des croquis signés de noms anciens ou modernes, tous célèbres. Et les petits meubles à étagères ont peine à supporter tous les bibelots de prix qui s'y trouvent placés. Malheureusement, les tentures sombres, les vitraux de couleur, interceptent une grande partie de la lumière, et, dans le jour, on ne jouit de toutes ces richesses que par à peu près.

*

*   *

Des reporters indiscrets ont, au moment où Madame Judic s'est installée rue Nouvelle, publié sur son hôtel des détails précis comme des devis d'architecte ou de tapissier.

Ceux de mes lecteurs, qui voudraient avoir sur l'habitation de la diva des renseignements qui sortent de mon cadre, pourront donc se reporter aux articles parus naguère dans le *Figaro* ou le *Gaulois*.

Pour moi, respectueux avant tout du mur de la vie privée, je n'entrerai pas dans les appartements particuliers, étant persuadé que si l'artiste avait voulu initier le public à tous les détails de son intérieur, elle se serait fait construire une maison de verre.

Je me suis pourtant arrêté à l'hôtel de Madame Judic, avant de passer à sa loge, parce que, pour cette dernière, un petit embarras se présente :

Jadis, l'artiste était l'étoile fidèle des Variétés dont elle faisait le succès. Mais ces dernières années, elle fit plusieurs

tournées en Amé- rique et en Europe. A son retour, M. Bertrand avait ajouté à sa pre- mière direction celle de l'Eden, et il se sert désormais de son étoile aussi bien pour son petit que pour son grand théâtre. Dès lors, laquelle de ses loges décrire? Celle des Varié- tés, plus ancienne, ou celle de l'Eden, plus vaste? Je me décide pour cette der- nière, où l'espace plus large a permis à l'artiste de donner libre carrière à tout son bon goût.

La loge que Madame Judic occupait pendant les représentations de la *Fille de Mme Angot* est située au rez-de-chaussée, de plain-pied avec la cour, à côté de celle de Mademoiselle Granier. Comme cette dernière, elle a été aménagée dans un des anciens petits foyers.

On entre par une porte à deux battants, sur laquelle une étiquette porte en gros caractères d'affiche :

MADAME JUDIC

Et l'on se trouve dans une pièce luxueuse et gaie, où règnent en tous temps d'agréables parfums de fleurs : des roses, des lilas, des œillets en corbeilles, en bouquets, en couronnes, s'étalent sur tous les meubles, hommage quotidien à l'artiste de ses nombreux admirateurs.

Près d'une petite table, Madame Judic est assise, dans le costume du rôle qu'elle va jouer, si mignonne, si charmante, qu'on s'incline devant elle, tout étonné de la trouver telle après l'avoir vue d'une beauté plutôt opulente sur la scène.

De plus près, l'étonnement passé, l'erreur se dissipe : la Madame Judic assise là est un énorme bébé, grandeur demi-nature, que des mains de fée ont vêtu d'un costume scrupuleusement pareil à celui de l'artiste, et à qui un metteur en scène habile a donné une attitude quasi vivante.

Attention exquise : même quand Madame Judic est en scène, ses amis admis dans sa loge peuvent croire encore, avec un peu de bonne volonté, qu'elle est à côté d'eux.

A droite de la porte, un canapé est placé dans le coin

LOGE DE MADAME JUDIC

de la pièce et les sièges se dispersent partout, invitants et moelleux.

Les murs disparaissent sous un fouillis de japonaiseries, disposées avec un goût exquis, de façon que les couleurs vives des éventails et des écrans, les figurines bizarres, les personnages qui peuplent les lés des parasols ouverts ou fermés, s'harmonisent en un ensemble des plus réjouissants, faisant sur la muraille comme un peuplement d'êtres exotiques et de monstres nés du rêve.

Des glaces s'accrochent un peu partout, avec des aquarelles, des photographies vivement éclairées par la lumière électrique que distribuent de petites lampes Edison.

A gauche, un immense paravent coupe la pièce.

Derrière cette cloison, toute de satin noir fantastiquement brodée de monstres ailés, dragons et chimères en fil d'or, se dérobe le cabinet de toilette.

C'est là que Madame Judic s'habille et fait ses changements.

La table est placée dans le coin le plus éloigné, au fond, à gauche, et occupe tout le mur compris entre le paravent et la cloison.

La garniture est de simple porcelaine, mais les ustensiles sont montés en argent, gravé et marqué au chiffre de la diva, A. J. entrelacés.

10

Une immense glace s'étend sur toute la droite de la loge et, au fond, des chaises et des porte-manteaux reçoivent les costumes et les toilettes de l'artiste.

Le meuble principal de cette partie de la loge est le coffre-fort à bijoux, vaste, immense, avec des ferrures héral-

diques et un enchevêtrement de serrures à croire que le moyen âge a passé par là.

Quand Madame Judic ouvre ce coffre c'est un éblouissement.

Les diamants, les saphirs, les émeraudes les rubis, s'y étalent à foison, jetés à même, en tas, comme le trésor de quelque princesse des Mille et une Nuits.

Et, pour achever sa toilette, la diva y puise à pleines mains, enfonçant ses bras blancs dans ce rayonnement, comme une lavandière plonge les mains dans l'eau claire.

Au hasard, elle pique des aigrettes dans ses cheveux, jette des rivières sur sa poitrine, pose ici et là, sur sa robe, des agrafes, des épingles, et se montre enfin pareille à une apparition.

Pendant tout le temps qu'a duré sa parure, elle n'a cessé de causer avec ses visiteurs, laissés de l'autre côté du paravent, en compagnie des enfants de l'actrice qu'elle amène fort souvent au théâtre, et d'une vieille dame chargée de les recevoir.

Puis, avant d'entrer en scène, elle va dans la première pièce, au mur du fond, ouvre un petit judas dissimulé dans la tapisserie, et jette un coup d'œil chez sa voisine Granier :

— Es-tu prête?

— Oui, oui, de suite; et toi?

— Moi aussi.

— Eh bien, alors, à tout à l'heure.

Et peu d'instants après, sur le théâtre, les deux divettes se donnent la réplique au milieu des applaudissements qui ont salué leur entrée.

Aux Variétés, Madame Judic n'avait qu'une loge microscopique où elle avait à peine la place nécessaire pour se retourner.

Quand il fallait faire des changements rapides et fré-

quents, comme dans *Lili*, c'était pour elle un vrai supplice.

Elle avait, à la longue, gagné à ce métier des migraines
continuelles qui la faisaient beaucoup souffrir.

Les médecins lui affirmaient qu'il fallait chercher la
cause du mal dans l'atmosphère du théâtre, brûlée par le
gaz, chargée d'émanations anti-hygiéniques, en tous points
contraire à sa santé.

Et c'est sur leur conseil que l'artiste s'était décidée à
louer aux environs du théâtre, dans la maison où est
installée aujourd'hui une entreprise de couveuses artifi-
cielles, passage des Panoramas, une assez vaste chambre,
qu'elle avait fait meubler et capitonner à son goût, de
satin bleu clair. C'est là qu'à chaque entr'acte, elle venait
respirer l'air pur et se reposer.

*   *
*

Madame Judic qui a fait la fortune de tant d'opérettes
ne semblait pas cependant destinée à monter jamais sur
une scène musicale.

Née à Semur, en 1850, le 18 juillet, elle était venue à Paris toute jeune.

Son père, nommé Damiens, était contrôleur au Gymnase, alors dirigé par Montigny, son oncle.

La petite Anna fut d'abord placée par sa mère chez une lingère du boulevard des Italiens. Mais Montigny ayant remarqué chez elle des dispositions dramatiques, la fit entrer au Conservatoire, dans la classe de Régnier, et lui fit apprendre en même temps le piano et la musique.

Mais à dix-sept ans, avant l'achèvement de ses études, elle quitte le Conservatoire pour épouser M. Judic, le 25 avril 1867, et deux mois après, elle débute au Gymnase, dans des rôles secondaires.

Son oncle, pourtant fort perspicace en bien des cas, ne croyait pas à son avenir et se refusait obstinément à lui confier des rôles susceptibles de la mettre en lumière.

Après avoir joué *Les Grandes Demoiselles* et *Les Malheurs d'un amant heureux*, désolée de ne pas percer aussi vite qu'elle l'aurait voulu, elle abandonna tout à coup le théâtre pour entrer au concert, et débuta à l'Eldorado.

Ce fut une révélation.

Jamais on n'avait vu sur une scène pareille, autant de grâce, de charme et un tel art de bien dire. Judic avait dès alors cet art des nuances, cette délicatesse dans les gros sous-entendus, et ces yeux effarouchés, pudiques et irritants qui ont fait depuis son succès.

Du jour au lendemain, elle passa étoile, et sa fortune fut aussi rapide que celle de Thérésa.

Montigny n'en revenait pas, s'arrachait les cheveux de désespoir, et se jurait, mais un peu tard, qu'une autre fois il serait plus perspicace.

Mais, malgré les offres qu'il lui fit, Judic ne voulut pas abandonner sa nouvelle carrière, et resta à l'Eldorado, jusqu'au 4 septembre 1870, y créant une série de chansons légères que tout Paris fredonnait après elle.

Pendant la guerre et la Commune, elle parcourut la Belgique et tout Bruxelles se souvient encore des ovations qui lui furent faites alors.

A son retour en 1872, Offenbach qui se connaissait en étoiles et couvait depuis longtemps le jeune astre de l'Eldorado, l'engagea à la Gaîté où elle créa la princesse Cunégonde dans le *Roi Carotte* de désopilante mémoire.

Puis elle passa aux Bouffes, où Roviac lui fit jouer, avec des conditions superbes, la *Timbale d'argent*. Elle y obtint un succès énorme. La pièce eut deux cents représentations, et il fallait que Judic s'y montrât bien fine et bien gracieuse, car, l'an dernier, lorsque Mme Ugalde voulut reprendre cette opérette avec une troupe médiocre, la pièce parut même aux spectateurs de 1887, fortement entachée d'obscénité.

Dès lors, elle était devenue l'artiste indispensable, faisant le succès de pièces qui, sans elle, n'eussent pas dépassé la cinquième représentation.

Madame l'Archiduc, qui passa en 1874 et qui est la seule des pièces qu'elle créa alors dont on ait gardé le souvenir, fut son second triomphe.

Enfin, en 1876, elle passa aux Variétés où elle devait arriver à l'apogée de sa réputation.

Qui ne se rappelle aujourd'hui la série d'opérettes charmantes qui furent alors données au théâtre de M. Bertrand et dont les auteurs ordinaires furent MM. Philippe Gilles, Albert Millaud, Hennequin, etc.

Quand vint l'année de l'Exposition, tous les étrangers voulurent entendre Anna Judic dans les *Charbonniers, Niniche, la Femme à Papa.*

Puis vinrent *Lili* et cette exquise *Mam'selle Nitouche* qui, parmi toutes les pièces faites pour elle, me paraît être celle qui convient le mieux au talent de la diva.

Et ce nom même, *Mam'selle Nitouche*, n'est-il pas comme le qualificatif parfait de sa manière d'être au théâtre, ingénue qui sait tout, folle, légère, disant tout,

et faisant tout entendre, mais avec une grâce si naïve, une innocence si complète qu'elle sauve même les situations et les couplets les plus scabreux.

Avant sa grande tournée, quand, dans une même semaine, pour faire ses adieux à Paris, elle passa en revue le répertoire de ses grands succès, n'est-ce pas *Mam'selle Nitouche* qui lui valut ses ovations les plus chaudes, et pour sa représentation d'adieu n'a-t-elle pas choisi comme clou, le second acte de cette pièce charmante?

Pour ma part, je me rappelle qu'à huit heures du soir, le jour de cette ultime représentation, il n'y avait plus moyen de trouver au contrôle le moindre strapontin.

Aujourd'hui — soit pénurie d'œuvres nouvelles, soit retour aux anciennes formules — on refait défiler sous nos yeux les anciens succès de l'empire, les pièces écrites pour Hortense Schneider.

Et les anciens de la critique et du théâtre de vanter les charmes de l'antique étoile, de nous assommer de leurs comparaisons malveillantes, de déclarer que Judic, c'est très bien, mais que Schneider, c'était autre chose et c'était mieux, etc., etc.

Costume de Mme Laura
(seconde manière ancienne).

Pour moi, je suis heureux de ne pas avoir vu les divas d'antan : je craindrais trop d'avoir acquis cette manie des vieux de toujours considérer le passé comme supérieur au présent, tout simplement parce qu'ils sont restés stationnaires tandis que le monde marchait, et qu'à force de vivre de souvenirs, ils en sont arrivés à une totale aberration des sens.

Pour Judic, dans la *Grande-Duchesse*, comme pour Granier, dans *Barbe-Bleue*, ils ont chanté leur éternelle antienne.

Et ils ont souri dédaigneusement quand, nous autres,

les nouveaux, nous applaudissions sans aucune arrière-pensée.

Il est vrai que nous n'avions pas vu Schneider !

Mais nous avons vu Granier dans *Barbe-Bleue* et Judic dans la *Grande-Duchesse*, et dam ! cela nous suffit.

MADAME MARIE LAURENT

ADAME Marie Laurent, la grande artiste, vient de terminer sa carrière dans une apothéose. Le Gouvernement lui a décerné la croix de la Légion d'honneur, et si jamais ruban rouge fut placé sur une noble poitrine et glorieusement gagné, c'est bien celui-là.

Depuis 1882, époque à laquelle le président Grévy déclara l'Œuvre de l'Orphelinat des Arts d'utilité publique, Madame Marie Laurent s'est faite la mère, la vraie, des petits orphelins que sa charité nourrit, élève, instruit.

La création de l'Orphelinat des Arts est, on peut le dire, son chef-d'œuvre, et pareille idée ne pouvait germer que dans le cœur de celle qui, pendant trente ans, fit couler tant de larmes dans des rôles de mère sublime.

Il y a des femmes qui naissent maman; c'est une vocation innée, à laquelle rien ne les saurait soustraire; cette vocation, Madame Marie Laurent mieux que quiconque l'a eue.

Elle a été mère de famille, mère au théâtre, mère par la charité, le dévouement, et toujours mère admirable.

Aujourd'hui, pour jamais elle a quitté le théâtre; elle veut tout entière se consacrer à l'Orphelinat qui, chaque année, recueille un plus grand nombre de petites filles dans toutes les branches de l'art, indistinctement.

A l'heure actuelle, près de cent orphelines ont été reçues à l'établissement de la rue de Vanves.

Et la Présidente-Fondatrice se multiplie pour que chacune de ses filles ait le nécessaire, pour qu'on puisse, autant qu'il en viendra frapper à la porte, leur dire d'entrer...

Il est bien vrai que les artistes sont charitables et généreux par excellence; il faut voir les comptes rendus annuels de l'Orphelinat pour se faire une idée des dons que tous envoient selon leur bourse : des cachets abandonnés, des quêtes, des bals où l'ingéniosité de chacun trouve un *clou* nouveau qui attirera la foule et l'argent; c'est une lutte au dévouement, et je suis heureux de pouvoir ici, en parlant de Madame Marie Laurent et de sa belle œuvre, remercier, au nom de tous, ses vaillantes collaboratrices qui, en réunissant leurs efforts, ont

Mᵐᵉ MARIE LAURENT

contribué pour une large part au succès de l'Orphelinat.

Madame Marie Laurent peut, selon son désir, abandonner tout à fait le théâtre, rentrer dans la vie privée, se consacrer toute à ses orphelins et au professorat, elle est sûre que sa renommée sera toujours éclatante, et que son nom est de ceux qui, les premiers, passent à la postérité, car on dira d'elle : Marie Laurent eut un talent admirable, mais surtout : elle fut charitable.

*

*   *

Cependant il me faut bien parler de l'artiste, maintenant que j'ai dit quelle femme est Madame Laurent.

Elle naquit à Tulle en 1826, et monta sur les planches si jeune qu'elle ne se souvient pas, dit-elle, de l'âge auquel elle commença.

Si j'en crois certains biographes, elle débuta ainsi :

Assistant à la répétition d'un drame dans lequel un serpent devait s'enrouler autour d'un mannequin représentant un enfant, elle s'écria :

— Je veux jouer l'enfant qui a un serpent, moi, na !

On ajoute que Madame Laurent fit depuis, à ce propos, un mot très joli :

— Ce fut, raconte-t-elle, mon premier *boa*.

Un peu plus tard, Marie Laurent suivit sa famille à Lille, Dunkerque, Genève, où elle jouait le role d'Eolin, le lutin de la *Fille de l'air*.

A Rouen, elle joue Virginie dans la pièce de Bernardin de Saint-Pierre et fait une création dans : *Un Hidalgo du temps d'Isabelle*.

A Toulouse, avec Bocage en représentations, elle remplace à l'improviste, dans *Lucrèce Borgia* et *la Tour de Nesles* une artiste atteinte du choléra.

Enfin elle peut arriver à l'Odéon, où elle débute dans la même *Lucrèce*.

Ensuite elle part pour Bruxelles, où elle épouse le chanteur Laurent (Marie Laurent est aujourd'hui veuve pour la seconde fois).

C'est en 1849, à l'Odéon, qu'elle commença à interpréter le grand répertoire et créa Madeleine de *François le Champi*.

Ses créations ensuite sont innombrables : *la Poissarde, le Fils de la Nuit, les Chevaliers du Brouillard*, qu'on reprit dernièrement à la Porte-Saint-Martin, et à propos desquels on s'occupa tant de l'illustre créatrice de Jack Sheppard; *les Mères repenties, la Tireuse de Cartes, les Fugitifs, les Erynnies, la Haine, la Voleuse d'Enfants, la Bouquetière des Innocents, Quatre-vingt-treize, Notre-Dame de Paris, les Deux Orphelines, Michel Strogoff, les Cinq doigts de Birouck, Martyre! Germinal,...* voilà à peu près le quart des pièces interprétées par cette artiste.

A-t-elle fait couler des larmes, mon Dieu!

Nulle comme elle n'a pu, dans ces rôles de mère où elle est unique, arriver à cette intensité d'émotion; on peut l'imiter, jamais on ne l'égalera.

Madame Marie Laurent habite, 66, rue Basse-du-Rempart, et c'est chez elle qu'ont lieu tous les mardis, les réunions du Comité de l'Orphelinat des Arts.

Les jours ordinaires, de cinq à sept, on est sûr de la rencontrer chez elle.

La grande artiste reçoit tous ceux qui se présentent, accueille aussi bien les solliciteurs que les amis ; c'est la douceur et la bonté personnifiées ; elle a une voix grave, tendre, maternelle, qui va au cœur et donne du courage aux plus timides. Son regard clair en se posant sur vous, invite à la confiance. Les tristes, les malheureux, peuvent sans crainte se présenter chez Marie Laurent, ils sont certains d'y trouver une amie compatissante et bonne, toujours prête à secourir et à consoler.

Sa charité est inépuisable, tous ceux qui souffrent, ont besoin, savent qu'ils ne feront jamais un vain appel à la grande artiste. De même qu'elle est la bonne mère des petites orphelines, elle est aussi la consolatrice bienfaisante des nécessiteux, de ceux surtout dont la pauvreté se cache, honteuse, et qui rougissent de tendre la main.

Et c'est une gloire pour l'histoire artistique française, de posséder, dans ses annales, une femme d'aussi grand talent et d'aussi grand cœur que Madame Marie Laurent.

Madame Alice Lavigne

Dodo, l'enfant do,
L'enfant dormira tantôt.

. . . .

ui croirait jamais que ce refrain a retenti, non
pas chanté par quelque
nourrice comique,
héroïne d'un quiproquo
quelconque, mais susurré
par la mère la plus tendre dans les
coulisses du Palais-Royal?

C'est un fait pourtant.

Alice Lavigne, la plus spirituelle
des grêlées, la plus originalement
amusante des pensionnaires du théâtre de la rue Montpensier, est un modèle de maternité.

Elle a nourri elle-même ses deux enfants.

Et, quand ceux-ci étaient tout petits, et ne pouvaient guère se passer pendant quelques heures consécutives, de ce que M. Prudhomme appelle un biberon donné par la nature, elle les emportait à la représentation, et, à chaque sortie de scène, tandis que retentissaient encore dans la salle, les applaudissements et les éclats de rire, vite, elle dégrafait son corsage, et leur donnait le sein,

Dodo, l'enfant do...

. . . .

Puis, le moment de son entrée venu, au détour d'un portant elle les confiait à leur bonne et s'élançait, la drôlerie aux lèvres, le contentement au cœur.

Les bourgeois de Pont-à-Mousson, pour qui le théâtre est un enfer, et les coulisses une antichambre toute grande ouverte sur la débauche, seront sans doute bien étonnés si jamais ils lisent ces lignes, et une des illusions les mieux ancrées dans leur cerveau les abandonnera peut-être.

Mais, tant pis pour eux.

Pourquoi acceptent-ils la légende au lieu de chercher la vérité *de visu?*

Le Palais-Royal a l'air aujourd'hui — avec ses escaliers extérieurs, ses balcons surplombant, tout cet attirail de fer dont on l'a garni — d'une de ces vieilles et fantasques maisons gothiques, qui découpent leurs profils penchés et d'un équilibre douteux, dans les légendes d'Hoffmann et consorts.

Dernièrement même, un archéologue naïf, qui passait pour la première fois de ses jours dans la rue Montpensier, s'est écrié devant le théâtre de M. Mussay :

— Tiens! une maison du XIIIe siècle.

Et il a été tout étonné d'apprendre que, dans cette maison à quasi-tourelles et à pignon sur rue, on jouait le vaudeville archi-moderne, au lieu de restituer de vieux « mystères » ou d'antiques « sotties ».

Mais la Commission des théâtres ne s'est pas occupée d'archéologie, lorsqu'elle a prescrit les mesures de préservation à prendre après l'incendie de l'Opéra-Comique.

Eh dam! elle n'a pas eu tout à fait tort, surtout en ce qui concerne le Palais-Royal.

Quel est le spectateur qui, lors d'un entr'acte, en observant le remous produit à chaque étage, par ce double courant de gens venant les uns par le couloir, les autres par l'escalier étroit, se heurter en un espace de quelques mètres à peine; quel est le spectateur qui ne s'est dit, en frissonnant avec angoisse :

— Bigre! Si jamais le feu prenait ici, quel auto-da-fé!

Et ce spectateur cherchait d'un œil avide le joint qui lui permettrait, en cas d'incendie, de trouver une issue et de fuir—bien plutôt devant la foule compressée, bousculée, affolée que devant la flamme.

Naturellement, il ne voyait rien...

La direction avait eu beau, une des premières, intaller chez elle l'éclairage électrique, supprimer complètement les appareils à gaz, on n'était pas tranquille : qui pouvait répondre qu'une alarme, même injustifiée, ou produite par la simple malveillance, n'amènerait pas les accidents les plus graves?

La Commission a donc eu parfaitement raison de faire installer ces escaliers externes, ces balcons, ces dégagements qui assureront le sauvetage.

Toutes ces mesures de précaution paraissent encore bien plus utiles aux initiés qui connaissent les coulisses du Palais-Royal.

Quel dédale!

Même aux Bouffes, même aux Folies-Dramatiques, je ne crois pas qu'il soit possible de trouver des couloirs aussi peu commodes et des loges aussi étroites.

LOGE DE MADAME LAVIGNE

On sait où se trouve l'entrée des artistes?

A vingt pas au moins après l'entrée du théâtre, une porte étroite ouvre sur un couloir sombre et tortueux (on dirait un roman de Ponson du Terrail).

Puis un escalier en vrille conduit à la porte du concierge.

Là s'ouvrent également, sur un palier d'un mètre carré de large, divers couloirs, dont les uns conduisent aux loges, les autres à la scène.

L'escalier, qui sert également à l'entrée et à la sortie des machinistes, de l'orchestre, de tout le personnel de service, se prolonge aux étages supérieurs, et l'on imagine aisément quel peut en être l'encombrement lors d'un entr'acte ou à la fin du spectacle.

La loge de Madame Lavigne est située au premier, au bout d'un couloir coupé par places de marches qu'il faut enjamber avec soin pour éviter les chutes.

Dès l'entrée on se sent en présence d'un esprit original, gai et sans prétention.

Ce sont bien là les qualités de Madame Lavigne, l'artiste qui a élevé, sur la scène, l'ahurissement à la hauteur d'une institution.

Le bourgeois de Pont-à-Mousson, dont je parlais tout à l'heure, serait encore bien étonné s'il voyait la simplicité de ses toilettes de ville aussi bien que celle de ses costumes de théâtre.

Oh ! les fanfreluches ! ce n'est pas elle qui en abuse. En deux temps et trois mouvements elle est costumée, et quelques coups de patte de lièvre lui font la tête, car elle n'a pas besoin d'ajouter beaucoup à la nature, étant douée de traits absolument comiques et se moquant comme d'une guigne des légères cicatrices qui couturent le bout de son nez et donnent un piquant de plus à sa physionomie.

Peu de chose à dire de l'ameublement de sa loge : c'est une pièce longue, à une seule fenêtre basse, placée en face de la porte. A droite, la cloison est entièrement occupée par une longue table de toilette surmontée d'un miroir. A gauche, un rideau de calicot rouge cache des patères portant des costumes, et un rayon reçoit les cartons à chapeaux et autres accessoires.

Quelques chaises de paille. Et c'est tout.

Mais ce qui est amusant au possible, c'est la garniture, l'ornementation de cette loge.

On dirait qu'un gamin de Paris, un gavroche à l'imagination de loustic gouailleur, a été enfermé là pendant un mois ; ne sachant que faire, il s'est livré aux aménagements les plus fantastiques, aux découpages les plus déréglés.

La porte rouverte et le prisonnier envolé, voici ce qui reste, ou du moins ce qui saute aux yeux, car si on pouvait fouiller tous les tiroirs, explorer toutes les profondeurs, on trouverait certes encore cent autres cocasseries.

Tout d'abord, en guise de suspension, au milieu du plafond, est accroché... un immense polichinelle

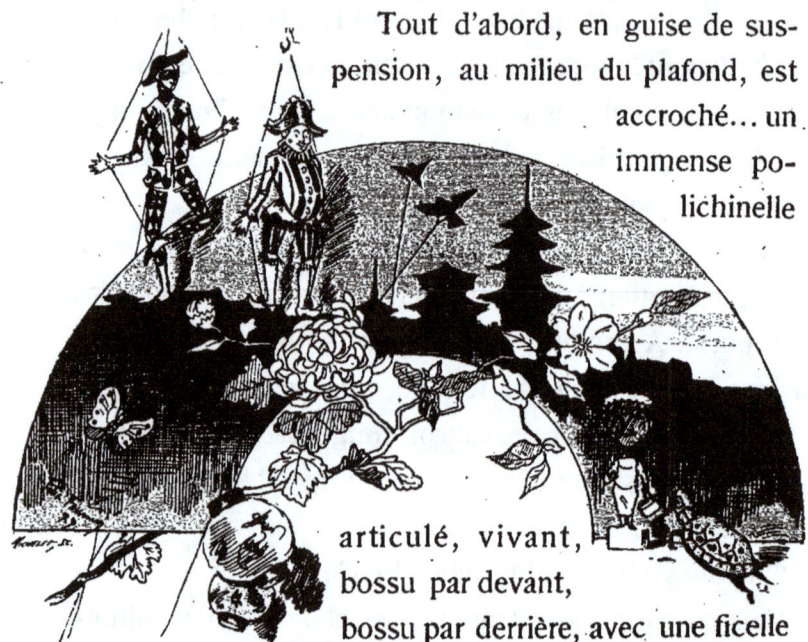

articulé, vivant, bossu par devant, bossu par derrière, avec une ficelle au bas du dos pour le mettre en branle. Lavigne, chaque fois qu'elle passe au-dessous, ne manque pas de tirer un tant soit peu la ficelle, et le magot s'agite. On affirme qu'au temps d'une des dernières directions, elle avait baptisé son pensionnaire du nom de l'impresario. Quand elle le faisait gigoter :

— Tiens, voilà *Machin* qui se met en colère.

D'ailleurs, pour que ce pauvre polichinelle ne s'ennuie pas pendant les longues journées où la loge reste vide, quelques-uns de ses congénères plus petits et moins soignés, lui tiennent compagnie, également pendus sur le sommet de la toilette.

Comme leurs figures sont toujours tordues par un rire inextinguible, Lavigne ne manque pas de s'écrier chaque fois qu'elle rentre dans sa loge :

— Je parie que les sournois ont encore profité de mon absence pour dire des gaudrioles.

Au mur, d'autres poupées sont accrochées en belle place.

Une horrible et grimaçante tête de vieille femme sort d'un morceau de carton déchiré, comme Louise Michel surgissant tout à coup dans l'imagination d'un boutiquier craintif, et redoutant une nouvelle Commune :

— Ça, dit Lavigne, c'est mon habilleuse.

A côté de cette beauté, est pendu un gril, un vrai gril à faire rôtir des côtelettes. Mais sa présence est un mystère que je ne me charge pas d'expliquer. Est-ce une allusion, une image, ou une simple drôlerie ? *Nescio.*

Des petits coqs en peluche tels que l'on en vendit

l'an dernier sur la voie publique, sont perchés sur une branche sèche, mais naturelle.

Puis, suspendu par le fond de sa culotte à un clou planté dans le mur, un pâtissier porte sur la tête une manne pleine de petits fours. L'actrice l'appelle :

— La terreur des auteurs dramatiques !

Et diverses autres figurines égaient encore le fond de la loge, composant ce que l'étoile comique nomme « sa ménagerie ».

La partie antérieure est ornée de choses plus sérieuses, souvenirs d'amitié ou de famille.

On y trouve la marque indéniable du caractère tout d'intérieur de la sympathique artiste.

C'est d'abord toute une débauche de chromos et de gravures anglaises, dures, hautes en couleur, criardes, représentant des scènes de sport.

Un portrait de jockey occupe la place d'honneur, expliquant ce débordement sportique.

C'est M. Petett, le mari de Mme Lavigne.

D'autres portraits, en photographies ceux-là, occupent encore les murs ou les bords de la glace.

Une grande page réunit les camarades et les rivaux de M. Petett sur les champs de course.

Voici toute une troupe d'hommes et de femmes accrochée aux banquettes d'un grand break, dans un paysage champêtre : d'un coup d'œil, à voir toutes ces figures rasées et spirituelles, et ces toilettes gaies,

on devine une bande de comédiens en tournée ou en promenade.

Les deux enfants de Madame Lavigne, un petit garçon et une petite fille, sont placés dans un même cadre.

Puis, encore, des photographies de ses camarades, Ellen Andrée, Mathilde Raymond avec d'aimables mots de dédicaces.

Enfin, une photographie de Marie Magnier, l'amie intime de l'actrice.

Nous n'étonnerons personne en rappelant que l'intimité qui lie l'artiste du Gymnase au duc de Castries, a mis en rapport le jockey Petett et Madame Lavigne, et amené un mariage dont celle-ci se trouve si heureuse, qu'elle en conserve une tendre reconnaissance à sa camarade.

C'est dans ce petit espace qu'Alice Lavigne compose et revêt les costumes qui font éclater le rire dès ses entrées en scène. Elle n'a guère de place pour y recevoir les visites.

Mais elle est toujours avec ceux qui viennent la voir, d'une amabilité charmante.

Il y a déjà pas mal de temps que Lavigne fait la joie du public du Palais-Royal.

Engagée pour y jouer les petits rôles, elle a su bien vite s'y faire remarquer par une originalité tout à fait personnelle, qui se compose sans doute d'une seule note, mais avec tant de verve et d'imprévu qu'elle est toujours amusante.

Lors de ses débuts, elle avait à lutter contre la confusion facile avec son homonyme, l'autre Lavigne qui obtenait alors de grands succès aux Variétés.

Mais cela ne l'a pas empêchée de se faire une belle

place, cela si bien, qu'elle n'a pas craint de se laisser prêter une fois par son directeur, pour donner la réplique, dans une revue, à son homonyme elle-même.

C'était une bizarrerie dont le public s'accommoda fort bien en faisant fête aux deux artistes.

Depuis, combien de succès a remportés Lavigne ? Autant qu'elle a joué de rôles, sans doute.

Dans les revues, dans les parodies comme *Franc-Chignon*, dans les rôles de cocottes naïves, elle a introduit une manière inimitable, et créé, sinon un genre, du moins un type.

Il y a des artistes, comme Delaunay, qui laissent leur nom à une catégorie de rôles.

On dit : jouer les Delaunay, les Reichemberg, les Barretta.

Il y en a d'autres, comme Baron, qui font de leurs rôles une chose si personnelle, qu'on ne saurait les reprendre sans leur ôter toute leur valeur.

Lavigne est de ceux-ci. Ce n'est pas un petit mérite.

Madame Marie Magnier

LA loi des contrastes se confirme une fois de plus avec Madame Marie Magnier. Ainsi au théâtre la nature de ses rôles exige qu'elle soit vêtue splendidement, qu'elle porte des bijoux superbes, et elle se conforme scrupuleusement à ces exigences, de sorte que la plupart des personnes qui la voient seulement à la scène, en déduisent que Madame Marie Magnier est une élégante raffinée, aussi coquette à la ville qu'au théâtre.

12

Ceux-là se trompent du tout au tout. Nul n'est plus simple que l'actrice dans sa vie privée.

Elle porte, dans les pièces où elle joue, des bijoux qui font rêver toutes les femmes ; son collier de perles à cinq rangs est fameux, ses diamants sont célèbres, et ses pierreries remarquables ; eh bien, qu'on le croie ou non, Marie Magnier a horreur des bijoux. Chez elle, elle ne porte ni la moindre bague, ni le plus petit bracelet. En ville, ou dans le monde, c'est à peine si un scintillement discret attire sur elle les regards.

C'est comme pour ses toilettes : dans toute la presse ce n'est qu'un cri au lendemain d'une première : Mon Dieu ! que Madame Magnier est donc bien habillée !

Chacun veut décrire ses toilettes dans les journaux quotidiens ; les feuilles illustrées, surtout celles qui s'occupent de la mode, s'empressent de les dessiner pour le ravissement de leurs lectrices.

Cela signifie, on s'en doute un peu, que dans son intérieur, Madame Magnier est d'une simplicité rigoureuse.

Seulement, comme elle a un goût très délicat, et le sens inné de l'élégance, elle trouve le moyen de porter, comme pas une, des robes toutes unies, et de les arranger, de les draper, avec une science si parfaite, que son

LOGE DE MADAME MARIE MAGNIER.

couturier prend ses conseils au lieu de lui en donner.

Cette simplicité, chérie par l'excellente artiste, se fait jour également dans les choses qui l'entourent.

Ainsi sa loge, la seule du Gymnase, je crois, qui ne change jamais de titulaire.

Elle est tendue d'une étoffe à ramages très gaie à l'œil, deux grands panneaux de glace se font vis-à-vis, par-ci par-là, quelques sièges pour les visiteurs, de la lumière à profusion, la toilette fort belle, des japonaiseries accrochées un peu au hasard, le long des murs et du plafond ; voilà un peu en gros l'ameublement du sanctuaire où Madame Magnier se pare à en faire pâmer de jalousie les bourgeoises, les demi-mondaines, et jusqu'aux grandes dames.

Il y a loin, n'est-ce pas ? de cette loge sans prétention, au salon étincelant d'ors et de soies, qu'on s'attendait à me voir décrire. Par exemple, j'ai oublié une chose importante : la table de jeu.

C'est au bezigue chinois, au baccara ou au chemin de fer, que Madame Magnier emploie le temps des entr'actes.

En compagnie de deux ou trois camarades, elle trouve le moyen de perdre quelques louis, durant l'espace d'une dizaine de minutes.

Bah ! à cela près ! elle les rattrapera un peu plus tard, et ce n'est pas cette futilité qui la rendra moins enjouée, tout à l'heure, quand elle paraîtra en scène. Car elle est joueuse Madame Magnier, joueuse passionnée même à ce qu'on prétend, et les courses n'ont plus, je pense, de mystères pour elle.

Il est certain toutefois, qu'elle a eu souvent la main heureuse, car elle possède une grande fortune, administrée par elle-même avec une sagesse et une science des affaires bien rares chez une femme.

Madame Magnier habite un petit hôtel, 49, rue Boissière, dans l'avenue Kléber. Elle y vit avec ses deux enfants : un garçon et une fille, et jusqu'à sa mort, arrivée l'an passé, le père de l'artiste habita chez elle. C'est dans ses bras qu'il rendit l'âme.

La douleur de Marie Magnier faisait peine à voir.

— Comprenez-vous, me dit-elle, moi qui jamais n'ai quitté mon père, moi qui, depuis que je me souviens, l'ai vu chaque jour, matin et soir, prendre place à table près de moi ! comprenez-vous mon chagrin quand il est mort presque subitement. —

C'est horrible ces douleurs-là, et je vous jure bien que j'ai eu l'envie folle de laisser le théâtre, de me retirer tout à fait... On a tant insisté que j'ai dû céder. Puis, le théâtre, c'est un besoin à la longue, une chose dont on ne peut se passer… J'ai bien fait de rester, je le sens, je n'aurais pu vivre trois mois sans vouloir y rentrer.

Il faut l'entendre parler de ses enfants. Ses yeux s'éclairent, son teint s'anime, elle a, en prononçant leur nom, des gestes adorables, il semble qu'elle les serre contre son cœur, qu'elle les embrasse.

Son fils a, dans la marine, un brillant avenir ; sa fille est une musicienne exquise, elle a une voix charmante, et peint comme un ange.

L'orgueil de leur mère est dans ce cas bien légitime.

Madame Magnier est une femme bien étonnante pour notre siècle, elle a l'amour de la famille poussé au fanatisme ; quant à ses amitiés, si elles ne sont pas nombreuses, on peut être certain qu'elles sont dignes des temps héroïques.

Un seul exemple entre vingt. Mme Lavigne, l'étonnante artiste du Palais-Royal, est l'amie de Marie Magnier. Elles se connaissent depuis vingt ans, et jamais le moindre nuage n'a troublé leur amitié.

Jusqu'à son mariage, Alice Lavigne demeura chez Madame Magnier, et ce mariage c'est par l'entremise de l'artiste du Gymnase qu'il se fit.

Madame Magnier dota son amie de vingt mille francs, et lui fit en outre cadeau d'une paire de solitaires merveilleux.

Elle fut la marraine du premier enfant qui naquit au jeune ménage.

Ce changement dans la situation de Mme Lavigne n'a pas séparé les deux amies, au contraire, elles se voient fréquemment et vont partout ensemble : aux courses, aux premières, dans le monde.

Madame Magnier ne m'en voudra pas d'avoir dit ce que sa modestie me conseillerait de taire ; quant à Mme Lavigne, elle dit assez haut combien elle aime Marie Magnier, et tout ce qu'elle croit lui devoir, pour que ces choses la contrarient.

Madame Magnier recevait beaucoup autrefois, mais depuis son deuil, sa porte n'est plus ouverte qu'aux amis, et peut-être ne reprendra-t-elle pas de sitôt ses réceptions.

Elle profite de sa liberté en faisant des voyages, toutes

les fois qu'une pièce dont elle n'est pas, lui laisse quelques loisirs.

C'est à Londres que l'artiste va de préférence. Au printemps, avant l'époque du grand départ, elle fait chaque jour, à cheval, une tournée dans la banlieue ou les environs de Paris, qui dure souvent jusqu'à quatre heures. Comme on le voit, Marie Magnier n'est pas une écuyère de parade.

Dans son hôtel, des années de recherche et une fortune dépensée ont accumulé les merveilles. Les tapisseries, les tableaux anciens, les bronzes, les tentures nées de tout ce que le rêve a de chimérique et de capricieux, les meubles, dignes du musée de Cluny, l'argenterie royale, les vieux Saxes, et toutes les choses qui m'échappent encore, composent une collection unique, d'une inestimable valeur, dont Madame Magnier peut, à bon droit, être fière.

Mais ni sa fortune, ni son talent, ne parviendront à la rendre moins bonne, moins simple.

Elle sait trouver, pour tous ceux qui l'approchent, un mot aimable ; elle a pour chacun une façon particulière de regarder, de sourire, de serrer la main, qui sont un poème de tact ; la qualité la plus appréciable, selon moi, pour une femme.

Sous aucun rapport, l'artiste n'est inférieure à la femme.

Les débuts de Marie Magnier datent de 1867. Ils eurent lieu dans Yveline, de *Nos Bons Villageois*, et Anita, du *Père de la Débutante*, sur la scène même où elle brilla d'un si vif éclat.

La débutante demeura au Gymnase jusqu'en 1872, et y fit de nombreuses créations, entre autres :

Zoé, de *Séraphine*, pièce en 5 actes, de Sardou; Hersilie, du *Fils de Pompignac*, qu'Alexandre Dumas fils signa de Jalin, et Mlle de Brionne, de *Fernande*, autre pièce de Sardou.

Son talent s'était alors développé, et avec le talent, sa beauté depuis célèbre.

Se sentant plus sûre d'elle-même, Marie Magnier accepta un engagement au Palais-Royal où elle demeura jusqu'en 1880. A ce théâtre elle eut beaucoup de succès, et ses créations furent presque toutes très heureuses; j'en citerai quelques-unes : Hermance, du *Plus heureux des trois*, Agathe, de la *Clef*, Henriette, de la *Boîte à Bibi*,

Tant plus ça change, de Gondinet et Véron, sont les plus marquantes.

Sur ces entrefaites, Victor Koning prit la direction du Gymnase, il demanda à l'artiste de rentrer au théâtre de ses débuts ; elle y consentit, et joua au spectacle de réouverture, le 2 octobre 1880, Camille, de la *Papillonne*, de Sardou, comédie qui du Théâtre-Français venait de passer au boulevard Bonne-Nouvelle.

A partir de ce moment, le succès devint du triomphe. C'est une marche ascendante à chaque pièce nouvelle ; elle crée successivement Charlotte, des *Braves Gens*, Paula de Rives, de *Monte Carlo*, Sophie Bernskoff, de la *Carte Forcée*, le *Roman Parisien* et tant d'autres.

Puis, viennent plus récemment *la Doctoresse*, *l'Abbe Constantin*, où dans Mme Scott, dit un critique, il est impossible de se montrer plus enjouée, plus originale, plus ravissante Américaine.

Ensuite, c'est l'amusante princesse Bariatine, de *Dora*, et enfin, l'extraordinaire modiste des *Femmes nerveuses*.

Ce qui revient à dire que, depuis un an à peu près, sauf pendant les mois de clôture, Madame Magnier n'a peut-être pas cessé de jouer dix fois. Elle ne se repose un peu, que depuis l'éclatante reprise de *Monsieur Alphonse*. Mais on commence les répétitions de *Belle-*

Maman, la nouvelle pièce de MM. Sardou et Deslandes; or, comme Madame Magnier y crée le principal rôle, son repos aura été de courte durée.

Cela n'est pas pour lui déplaire ; le théâtre est son élément, et pour être parfaitement heureuse, l'artiste ne doit pas avoir une minute à elle.

Et puisqu'il faut tout dire, elle sait bien qu'elle « fait recette », comme on dit en argot de coulisses ; si son amour-propre d'artiste en est flatté, en qualité de grosse actionnaire du Gymnase, ses intérêts lui commandent impérieusement de jouer le plus souvent possible.

Personne, j'en suis sûr, ne songera jamais à s'en plaindre.

Madame Mathilde

L a direction du Palais-Royal a été bien mal inspirée lorsqu'elle a laissé Mathilde quitter le théâtre où tant de fois elle avait soulevé les éclats d'une bonne grosse gaieté.

M. Samuel, qui avait alors la Renaissance, l'a été bien mieux en s'attachant immédiatement la transfuge.

On l'a bien vu dans *Cocard et Bicoquet*.

Est-il possible de rêver une aubergiste de campagne, plus nature, plus ronde, plus désopilante, que Mathilde?

Les spectateurs qui sont retournés plusieurs fois voir la pièce de Boucheron, affirment tous le contraire. Et nous sommes absolument de leur avis.

Mathilde était bien la commère du Palais-Royal,
l'artiste digne de donner la réplique aux Hyacinthe, aux
Ravel, à tous ces comiques hors pair qui ont fait la
fortune et la réputation du théâtre de la rue Montpensier.

Et je doute fort qu'on puisse l'y remplacer d'ici
longtemps.

Sa loge est avec celle de son ancienne camarade du
Palais-Royal, Lavigne, une de celles qui sont arrangées et aménagées de la façon la plus amusante.

Là, rien de prétentieux ni d'apprêté.

On se croirait tout bonnement dans le cabinet de toilette
d'une des braves commères que Mathilde a toujours représentées.

*

*   *

La loge est située au second étage de la Renaissance, au fond d'un couloir.

La porte, percée d'un judas, s'ouvre à droite dans
le coin.

LOGE DE MADAME MATHILDE

13

L'ameublement est d'une simplicité biblique : des chaises en paille de couleur, des fauteuils en cretonne rouge, à fleurs rouges, un canapé de même étoffe, et, garnissant la fenêtre située au fond de la pièce à gauche, des rideaux également rouges.

Ce qui donne à toute cette simplicité l'allure un tant soit peu artistique, c'est la grande quantité de glaces accrochées à tous les murs, où l'image de la maîtresse se réfléchit joyeusement tandis qu'elle se fait la tête, ou revêt un de ses costumes, dont la drôlerie est toute l'élégance.

La table de toilette est placée presque en face de la porte et largement éclairée par deux becs de lumière électrique. A la suite de ce meuble, une autre table, plus petite, soutient également quelques ustensiles de maquillage.

La glace qui surmonte cette table est ornée d'une photographie représentant l'un des enfants de Mathilde, une branche de houx voile à demi l'image et donne à ce souvenir quelque chose d'intime et de mystique, qui frappe au milieu de cette loge, d'où l'artiste ne sort que pour dilater largement la rate des spectateurs.

A gauche de la porte d'entrée, une grande glace de pied monte jusqu'au plafond ; deux petites lampes

Edison l'éclairent brillamment. Le canapé est placé du
même côté.

Ce qui fait la caractéristique de cette loge, c'est l'ornementation : là, pas de tableaux encadrés ou d'œuvres
d'art étalées comme en
une exposition.

Mais aux murs, aux
plafonds, sur les meu-
bles, dans tous les coins
et recoins de la loge,
cachant absolument le
papier de la tenture,
des gravures sont ac-
crochées ou collées, les
unes sur les autres, au
hasard de l'inspiration,
illustrent toutes les
cloisons d'un véritable

fouillis de figurines, de paysages, de caricatures, de scènes
parisiennes, etc., etc.

C'est la collection du *Paris Illustré*, du *Paris Noël*, du
Figaro Illustré qui fait les frais de cette tapisserie peu
coûteuse mais vraiment fort originale.

Des fac-simile de tableaux et d'aquarelles font, sous

la lumière crue des lampes électriques, des taches de
couleurs joyeuses. Quelques dessins découpés et collés
sur les autres forment des reliefs, et rien n'est amusant
comme la façon bizarre dont se rencontrent là les sujets
les plus divers, dans une sorte de promiscuité artistique
du plus piquant effet.

Une baigneuse trop nue a les jambes coupées par les
arbres d'un chaste paysage d'automne, placé de façon à
rassurer la pudeur de la pauvre enfant.

Des fillettes rieuses et folles de Lorin servent de pendants à de bons petits bourgeois de Raffaeli.

Willette et Steinlen font bon voisinage.

Boutet de Monvel est représenté par quelques enfants,
gais dans leur mièvrerie, et d'une si amusante simplicité.

Et il y en a encore dix autres, cent autres, qui se
coudoient ou se serrent, ou se disputent la place, dans
une confusion Babelienne des écoles et des genres, qui
ferait hurler un rapin aux convictions pures, mais est
pour l'œil d'un ensemble tout à fait amusant.

Mathilde nous a déclaré qu'au Palais-Royal elle
n'avait jamais placé d'autres tapisseries dans sa loge.

— Ça ne coute pas cher, dit-elle, et ça se renouvelle
aussi souvent qu'on veut. Et c'est toujours de mode.
Quand une gravure me plaît, s'il n'y a plus de place, je

la colle par-dessus les autres. Ainsi, on ne voit jamais de vieilleries, et je suis toujours au courant de l'actualité.

Il paraît que le jour où elle a quitté le Palais-Royal il y en avait trois centimètres d'épaisseur sur tous les murs.

— Si j'y étais restée dix ans de plus, ajoute-t-elle en riant de son bon rire, je n'aurais plus eu de place pour respirer.

Ceci fait juger des dimensions de la loge qui lui était attribuée rue Montpensier.

A la Renaissance, elle peut se remuer bien plus à l'aise.

Du reste, elle n'a pas, en général, grands frais d'habillement à faire. Ses costumes de bourgeoises et de paysannes sont vite agrafés. Et quant à sa tête, ce n'est pas elle qui y perd beaucoup de temps.

— Pourvu que je sois drôle, c'est tout ce qu'il faut! dit-elle parfois, non sans une légère pointe d'amertume.

Et voilà : un peu de rouge au menton et aux pommettes, du noir pour dessiner au coin des lèvres un pli rieur ou naïf, c'est fait : ce n'est pas plus malin que cela.

Il est vrai que Mathilde a, au suprême degré, ce que l'on appelle « la tête de l'emploi ».

Mais combien d'autres, à sa place, voudraient quand même pimenter leur toilette d'une pointe d'élégance plus parisienne, au risque d'introduire dans leurs costumes des anachronismes ou des erreurs géographiques d'un déplorable effet.

Mathilde est bien plus intelligente que cela.

Elle ne perd pas un instant à emprisonner sa taille opulente dans un corset trop étroit. Et elle déclare avec un bon sourire :

— Moi, quand il faut que je fasse du « physique », je suis bien malheureuse.

Ne dirait-on pas un mot d'un de ses rôles ?

La conversation de Mathilde est ainsi tout émaillée de pointes amusantes, dites avec une naïveté voulue qu'elle retrouve encore sur la scène.

Les malveillants prétendent qu'elle emprunte surtout son esprit à ses souvenirs.

Les mieux informés la jugent moins coquette, et assurent, au contraire, que pendant les douze ans qu'elle a passés au Palais-Royal, elle a fort souvent été d'un grand secours aux auteurs, et trouvé pour ses rôles ou même ceux de ses camarades la réplique drôle, le mot d'entrée ou de sortie amusant.

Ce n'est pas moi qui me chargerai de dire quelle est, de ces deux versions, la vérité, et quelle est la légende.

Mais chaque fois que j'ai eu le plaisir de causer avec l'artiste, je l'ai trouvée spirituelle et pleine de bonhomie et d'entrain.

Et, en admettant même qu'elle empruntât beaucoup à sa mémoire, je suis d'avis que se souvenir avec à-propos, c'est encore faire preuve d'esprit.

Mathilde arrive en général de bonne heure au théâtre. Elle s'apprête immédiatement. Puis, aussitôt habillée, elle prend place dans son fauteuil, et se met à travailler à une interminable pièce de tapisserie.

Son crochet fait mailles sur mailles.

Cependant, elle reçoit avec la meilleure grâce du monde l'auteur, ou le journaliste, ou le camarade, qui vient un instant causer avec elle.

Et l'on bavarde à langue que veux-tu, car c'est là un exercice pour lequel la bonne commère est toujours prête.

Elle cause de tout, sans prétention, quelquefois de ses enfants avec attendrissement, rarement de son mari.

Mais, pour peu qu'on l'y pousse, elle rappelle avec plaisir les douze bonnes années qu'elle a passées au

Palais-Royal, les succès qu'elle y a eus, ce rôle de
*Gavaud, Minard et C*ⁱᵉ, qui lui a tant plu, celui de
Mᵐᵉ de la Haute-Tourelle, et cette pièce de *Gotte*,
où, dans la scène de la partie de cartes, elle avait

trouvé un effet sûr et
violent que la direc-
tion pusillanime n'osa
pas tenter de peur d'aller
trop loin.

Ah ! les bons sou-
venirs : rien que des
applaudissements, pas
un four.

C'est qu'aussi Ma-
thilde, dont la grande
qualité est le naturel,
travaille ses rôles avec
une conscience dont on
ne se fait pas une idée, à voir l'aisance facile de son jeu,
et qu'elle n'est satisfaite qu'au moment où elle est enfin
entrée complètement dans la peau de son personnage.

Au point de vue pécuniaire, Mathilde est dans une
fort bonne situation pour une actrice de vaudeville ;
ses appointements ont encore été augmentés lorsqu'elle

est entrée à la Renaissance, et ç'a été là une des raisons qui l'ont déterminée à accepter les offres de M. Fernand Samuel.

Mais ce qui lui plaît surtout dans son nouveau théâtre c'est... le voisinage de la Porte-Saint-Martin.

On ne le croirait pas, et c'est vrai pourtant, Mathilde raffole du drame : elle est persuadée qu'elle a manqué sa vocation ; elle aurait voulu se voir, chaque soir, vierge belle et pure, enlevée par d'infâmes ravisseurs ; ou, mégère inclémente, tuer quelques douzaines de chrétiens pour se précipiter ensuite dans un abîme.

Aussi, son grand plaisir est-il de voir jouer tous les vieux mélos qu'on reprend encore de temps à autre.

Quand elle n'est pas d'une pièce, elle passe ses soirées dans les théâtres qu'elle qualifie de sérieux parce qu'on n'y rit pas. Et si, par hasard, on fait relâche un soir qu'elle devait jouer, elle est aux anges. Vite, à l'Ambigu ou à la Porte-Saint-Martin.

— Or, vous comprenez, dit-elle, le Palais-Royal, c'était trop loin. On arrivait trop tard pour avoir des places, et c'était une soirée perdue. Tandis qu'ici, à la Renaissance, s'il y a un accident quelconque qui empêche de jouer, en deux bonds je suis à la Porte-Saint-Martin, et je m'y amuse de tout mon cœur.

C'est ainsi qu'elle a vu cet hiver la *Grande Marnière* dont elle pense beaucoup de bien. Paulin-Ménier lui a

paru exquis. Volny, très gentil. Et tous ces spectateurs qui pleuraient lui ont mis du baume au cœur.

Quand elle y pense, elle croit y être encore, et elle ajoute avec un soupir gros de regrets :

— Ah ! voyez-vous, le drame, il n'y a que ça !

Mademoiselle Rosita Mauri

'ÉTOILE chorégraphique de l'Opéra, habite avec sa famille un très bel appartement, 19, rue Scribe, derrière l'Académie nationale de musique. Tous les matins régulièrement, vers dix heures et demie, elle s'envole vers le foyer de la danse, et travaille jusqu'à midi.

Rosita reçoit chez elle de cinq à sept. Elle est petite, mignonne, très brune avec les cheveux courts, des yeux noirs superbes, des dents fort blanches et le plus charmant sourire du monde. Elle a un petit accent qui rend sa conversation plus piquante.

— Je vais danser, disait-elle dernièrement, dans *Romio y Djiouliette*.

Mais, si elle a gardé l'accent de son pays, elle possède l'esprit fin, délicat, de la plus raffinée Parisienne.
Elle a aussi son élégance.

A la ville, ses toilettes sont très simples, mais elle porte des robes d'intérieur absolument idéales.

La gracieuse ballerine sait comme pas une se draper dans des flots de dentelles, et c'est une chose charmante à voir, que sa tête mutine drapée de malines et de blondes espagnoles.

Rosita se préoccupe seulement de sa danse; le soin de sa maison, les engagements, ses affaires d'intérêt, sont réglées par son père qui se charge de tout, afin d'éviter à l'étoile le moindre souci matériel.

Par exemple, elle a voulu procéder entièrement à l'installation de son joli nid de la rue Scribe; et toutes les choses dont elle s'entoure sont du goût le plus parfait.

Les tentures claires, les meubles recouverts de soies brochées aux tons éteints, les sièges légers, et les fleurs à profusion, font un cadre exquis à l'étoile adorée des abonnés de l'Opéra.

Dans son petit salon, un portrait en pied de la gracieuse artiste semble s'envoler de la toile. Il est si frappant ce portrait, si suggestif, si joli, qu'il a inspiré au poète bien connu pour son magistral poème *Lumen*, — j'ai nommé Edmond Bailly, — les vers suivants, que je suis heureux de pouvoir citer :

> En l'exil des firmaments
>   où s'ouvre son aile,
> ont brillé les diamants
>   noirs de sa prunelle.
>
> Au son des harpes, des cors,
>   svelte, elle s'élance,
> enfrissonnant tout son corps
>   qu'un rythme balance.
>
> Alors en un geste plein
>   de grâce indicible,
> avec le sol pour tremplin,
>   pour but, l'invisible ;
>
> elle s'envole on ne sait
>   où, mais, par l'espace,
> une voix d'astre dit : c'est
>   notre sœur qui passe!..

Certes, Rosita Mauri est aujourd'hui sans conteste l'étoile de la danse.

Pendant quelque temps, il y eut lutte entre la San-galli, une ballerine de grand talent, et la gentille Korrigane.

La Sangalli était Italienne et jalouse ; elle ne pouvait

souffrir sa camarade, qui pourtant s'accommodait fort bien de cet état de choses.

— Oh ! cette *Maori !* disait-elle en la voyant passer, avec un geste pas précisément tendre.

Cette jalousie ne lui porta pas bonheur, puisque, son engagement fini, elle quitta l'Opéra, tandis que sa camarade demeurait seule reine du ballet.

LOGE DE MADEMOISELLE ROSITA MAURI

Rosita est très aimée par les danseuses de l'Académie nationale de musique. On lui fait fête lorsqu'elle paraît à l'entrée du foyer de la danse, et sur le plancher en pente, c'est une course folle de pieds légers, un envolement de jupes blanches qui se précipitent au devant de l'étoile pour lui souhaiter la bienvenue.

*

*   *

Rosita-Isabelle-Amada Mauri est née à Reus, en Espagne, elle a débuté dans la chorégraphie à Mayorque, et, encore toute gamine, est venue à Paris, suivre la classe de Mme Dominique.

Elle avait à peine quinze ans quand on l'engagea comme première danseuse à Barcelone.

Rosita Mauri dansait à Milan lorsque M. Ch. Gounod, en quête d'un sujet pour la création du divertissement de *Polyeucte*, la remarqua et obtint de M. Halanzier, alors directeur de l'Opéra, qu'on dépêchât M. Mérante en Italie pour la juger. Bientôt, télégramme de M. Mérante déclarant que Mademoiselle Mauri est une danseuse de grand style et une belle jeune fille : sur quoi

14

M. Halanzier franchit les Alpes et ramène la merveille qui, du coup, devait séduire jusqu'à l'enthousiasme le public délicat de notre Académie de Musique.

A quelques mois de distance de cette mémorable soirée, la petite Mauri, comme on l'appela de suite, reprenait dans *Yedda* la lourde succession de Rita Sangalli. Donnons l'opinion de la grande presse très bien formulée alors par le *Monsieur de l'orchestre*. « La nouvelle Yedda est une jolie personne, une Espagnole aux yeux noirs — des yeux de flamme, — à la physionomie très expressive, gracieuse, souriante, charmante. Il est impossible d'établir aucune comparaison entre la Yedda d'hier et celle d'aujourd'hui.

« L'immense talent avec lequel la Sangalli a créé le personnage, a rendu la tâche pénible à celle qui est venue lui succéder ce soir. Mais Mademoiselle Mauri est une charmeresse, et avant même d'avoir dansé, elle avait gagné sa cause. Dès son entrée, on a compris qu'elle allait avoir un succès énorme. On ne s'est pas trompé. L'étoile de Rosita Mauri se lève brillante à l'Opéra. On l'a applaudie des loges, des fauteuils, du parterre, de partout. Après le second acte, le prince de Galles s'est rendu au foyer de la danse, a vivement complimenté et félicité la danseuse, qui, à partir de ce soir,

MADEMOISELLE ROSITA MAURI DANS LES DEUX PIGEONS

mérite de prendre rang parmi les premières et les plus grandes que nous ayons vues sur la scène de l'Opéra. »

La même année, on l'applaudit dans *la Muette*; citons encore : « Mademoiselle Rosita Mauri représente la jeunesse et la grâce. Sa mimique est tout un poème que son geste rythme harmonieusement; elle est plastiquement celle que les auteurs ont dû rêver : son œil a bien les vivacités des filles du peuple de cet heureux pays, elle a bien le teint mat et chaud des jolies Napolitaines, et la pureté de lignes des types les plus accomplis; toujours

en scène, elle sait écouter, elle sait répondre d'un geste parlant et avec des expressions de physionomie élo-quentes.

« Aussi son succès a-t-il été des plus vifs; elle était, par la danse, parmi les premières; elle est la première, par la mimique, et devient l'étoile de notre ballet, sans aucune contestation possible. »

A la fin de l'année 1880 notre gracieuse artiste se produisait dans sa deuxième création ; je parle de ce délicieux ballet qui a nom la *Korrigane*. Ce ne fut pas un succès, ce fut un triomphe ; et, parmi les fleurs qu'on lui envoyait après le premier acte, on remarqua une couronne d'or, — produit d'une souscription en tête de laquelle figurait le nom de la reine d'Espagne, — offerte à la ravissante étoile en signe d'hommage par ses compatriotes résidant à Paris.

Après la *Korrigane*, ce fut *Françoise de Rimini*. Encore un triomphe pour la gentille petite Mauri, qu'on ne voulait pas se lasser de voir. On lui a fait bisser ses pas, et elle avait beau envoyer des baisers de tous les côtés, ceux qui n'en avaient pas eu, la rappelaient encore pour attraper leur part.

Ici se place un accident qui fit passer un nuage de tristesse sur le beau front de la pauvre petite sabotière !

A la suite des fatigues excessives que lui causait, dans le divertissement de *Françoise de Rimini*, son fameux pas espagnol, elle se vit, elle la plus vive, la plus pétulante des danseuses, condamnée à l'immobilité par une détente complète du muscle essentiel près de l'orteil droit.

Dans cette phase de l'adversité, Mademoiselle Mauri
eut au moins la satisfaction de voir se grouper autour

d'elle toutes les sympathies qu'elle a su s'attirer. Je ne
parle pas des soins que lui prodigua le célèbre chirur-
gien Labbé. Mais lorsqu'elle s'alita, ses admirateurs, ses

amis, ses camarades se succédèrent sans relâche auprès d'elle. Loin d'être délaissée comme le sont trop souvent ceux qui souffrent, Rosita Mauri recevait chaque jour d'incessantes visites dans son petit appartement de la rue de Provence où plus d'un personnage célèbre s'improvisa garde-malade.

Enfin guérie, elle put faire sa rentrée dans la *Korrigane,* à la joie de tous et de toutes.

Et l'étoile demeure persuadée qu'elle doit sa guérison à la Vierge Marie, qu'elle a invoquée avec la ferveur d'une bonne Espagnole.

Elle a fait faire son pied en or massif et l'a donné à la Vierge dans la chapelle de son pays, en signe de reconnaissance.

Le tendre et poétique personnage de Vivette, de la *Farandole,* vint bientôt offrir à Rosita Mauri l'occasion de montrer qu'elle n'avait rien perdu de sa souplesse, de sa grâce, de son infatigable ressort. La pauvre petite avait bien manifesté quelque crainte lorsqu'on lui parla de cette importante création. Mais, Dieu merci, tout alla pour le mieux; et, même, il arriva plus d'une fois, au cours des répétitions, que les applaudissements de ses camarades du corps de ballet la récompensèrent de quelque difficulté vaincue.

Fine, alerte et gracieuse au possible sous la coiffe arlésienne, Mauri, au dire des *grandes* du corps de ballet, est, de toutes les célébrités chorégraphiques connues jusqu'à ce jour, l'artiste qui laisse le moins voir ou deviner l'effort. Les tours de force chorégraphiques qu'elle accomplit restent toujours aimables et gracieux pour le public.

Elle dut être fière et heureuse de sa soirée, la délicieuse Rosita, car on lui fit bisser deux de ses principaux pas, et on lui eût redemandé tous les autres sans la crainte de la fatiguer outre mesure.

Enfin, tout récemment, elle remporta un nouveau triomphe dans le divertissement de *Roméo et Juliette*.

Pour l'instant, elle est toute aux répétitions de la *Tempête,* le nouveau ballet du maître Ambroise Thomas.

Je me suis tant attardé sur les succès de Rosita Mauri, qu'il me reste à peine la place de dire que sa loge est exquise de grâce et d'originalité. Partout s'étalent des blancheurs légères, jupes de gaze jetées au hasard, qui s'envolent comme si elles avaient des ailes, et s'accrochent un peu à la diable : sur les sièges, en un coin de la toilette, le long des murs, après le clou doré soutenant un tableau ; dame ! elle est vive et souvent pressée l'étoile, alors elle lance ses jupes, sans se soucier de l'endroit où elles tomberont. Il faut ensuite que l'habilleuse fasse bien attention, car elle risquerait de casser quelque chose ; ces impertinentes gazes ont des façons de se poser ! Elles tombent sans vergogne où il leur plaît, et, un soir, ce fut dans la loge une tempête de rires : la plus courte jupe, celle qui succède immédiatement au tutu, n'avait-elle pas eu l'idée de coiffer, le plus drôlement du monde, le buste sévère d'un grand homme, lequel en tressaillit sur sa gaine de marbre !

Madame Céline Montaland

TOUT Paris connaît la terrasse qui couronne d'un dôme de verdure la maison faisant le coin du boulevard des Capucines et de la rue du même nom.

C'est là que, depuis vingt-quatre ans, habite une des plus sympathiques sociétaires de la Comédie-Française. J'ai nommé Céline Montaland.

Des glycines, de la vigne vierge, des volubilis et des capucines, grimpent du perron à la toiture, sur des treillages en arcade, et font de cette immense terrasse un véritable jardin suspendu, à l'instar de ceux légendaires de Sémiramis.

C'est charmant, cette fantaisie en plein boulevard. Les

bruits multiples de la rue arrivent assourdis, très lointains, donnant l'illusion d'une mer houleuse; aussi est-ce
là que se tient de préférence l'artiste. Puis, c'est si
agréable pour sa fillette, un amour de baby qui a trois
ans à peine, une vraie miniature de sa maman.

Céline Montaland a joué dans tous les théâtres de
Paris ou à peu près, aussi n'a-t-elle jamais eu de loge
installée à proprement parler. On décore actuellement celle
qu'elle occupe aux Français.

Mais son salon est une vraie curiosité, et mérite qu'on
le décrive.

Les quatre portes-fenêtres s'ouvrent sur la terrasse.
Elles sont drapées de rideaux en peluche bleu sombre,
étoffe qui recouvre également une partie des meubles;
les autres sont en satin noir.

On croirait peut-être que tous les sièges sont arrangés
de façon à regarder la cheminée comme dans la plupart
des salons? Point. Ils lui tournent le dos, afin de s'étaler
en belle place devant un superbe Guignol installé devant le
panneau qui fait face à la cheminée et l'occupe tout entier.

Ce Guignol est agencé, machiné, comme un vrai
théâtre.

Il a été peint et décoré par Madame Montaland elle-
même pour la plus grande joie de la petite Mademoi-

TERRASSE DE MADAME CÉLINE MONTALAND

selle, qui en profite pour donner à ses amies, tous les dimanches, l'hiver, des matinées très suivies.

Inutile d'ajouter, qu'à côté des « petites amies », les grandes se pressent en foule, ainsi que tout ce qui a un nom dans le Paris artistique et mondain.

Les artistes de ce théâtre ont été également confectionnés et habillés par Madame Montaland.

Ils ne représentent pas les personnages classiques du Guignol lyonnais; les sociétaires et pensionnaires de la Comédie-Française composent cette troupe de marionnettes.

Il faut y joindre les habitués du foyer des artistes, les amis, des peintres célèbres, les auteurs de la Maison : Augier, Dumas, Pailleron, Feuillet; les hommes politiques, qui vont, le soir, en compagnie des plus spirituelles comédiennes du monde, se délasser des tracas parlementaires : Clémenceau, le général Boulanger, Laguerre, Floquet, etc.

Le spectacle y est le même qu'à la Maison de Molière, les pièces du répertoire y sont interprétées avec des décors et des costumes copiés textuellement sur les vrais.

Mais, après la pièce classique, on joue une saynette dont les acteurs sont les hommes du jour.

Naturellement, ces saynettes sont d'une actualité brûlante, c'est la vérité un peu amplifiée, dénaturée parfois, mais d'une façon si amusante, si drôle, que ceux-là même qu'on y raille sont les premiers à en rire.

Je connais maints auteurs célèbres, qui ont pris un malin plaisir à faire eux-mêmes la parodie d'une de leurs pièces en vogue, et l'ont ensuite fait jouer sur ce théâtre en miniature.

Aussi le succès de ces matinées est-il énorme, tout le monde voudrait y être convié tant on s'y amuse. Malheureusement le salon de l'artiste est trop petit, ses amis sont trop nombreux, force lui est de faire un choix.

Pourtant comme elle est la grâce et l'amabilité personnifiées, Céline Montaland s'arrange de manière à contenter tout le monde en invitant par séries.

Il faut voir si Mademoiselle fait bien les honneurs du salon maternel!

C'est elle qui invite naturellement.

Et le spectacle de cette bambine mignarde, au sourire mutin, au zézaiement exquis, est une chose adorable.

Car cette mignonne poupée a non seulement hérité des traits de sa mère, mais aussi de toute sa grâce et de tout son charme.

Les objets d'art : tableaux, bibelots savamment choisis, tiennent, comme on pense, une grande place dans ce salon, bien certainement un des plus originaux, des plus personnels que je connaisse.

Le côté intime, celui que l'artiste réserve aux causeries à demi-voix, aux confidences, aux souvenirs, a une physionomie bien spéciale ; elle y a rassemblé tous les objets qui lui plaisent particulièrement, ceux auxquels se rattache une bribe quelconque de sa vie.

Et c'est délicieux ce coin, où l'on se sent si bien, où les fauteuils, avec leur allure débonnaire, ont l'air de vous tendre les bras, de dire :

— Prenez donc place, vous ne vous ennuierez pas, au contraire, elle a tant à raconter notre maîtresse, et elle parle, avec un art sans pareil, quand on lui est sympathique et qu'on l'invite à la causerie intime...

Les heures passent, on n'en sait rien, on la suit partout où son esprit ingénieux, primesautier, veut vous conduire ; on fait en sa compagnie le plus exquis voyage à travers ses souvenirs d'artiste sans cesse fêtée, et aussi ceux de la femme, quand il lui plaît d'entr'ouvrir pour vous la porte de son cœur.

Il y a deux portraits de Céline Montaland dans son salon.

Tous deux sont frappants de ressemblance.

Celui-ci, sur un chevalet drapé de vieilles soies aux tons d'une finesse inouïe, a été exposé au Salon de 1876. Il représente l'artiste coiffée seulement de ses cheveux couleur de nuit, arrangés en bandeaux plats comme elle les préfère, elle sourit de la bouche et des yeux; elle est adorable.

L'autre, beaucoup plus grand, tient le milieu d'un panneau en pleine lumière. Céline Montaland est de profil, vêtue d'une robe de velours noir montante; sur sa tête un grand chapeau Rembrandt, empanaché de plumes noires, encadre merveilleusement sa beauté fine.

— Il a une histoire, ce portrait, dit l'artiste en nous le montrant. C'était, il y a quelques années, avant mon départ pour la Russie. Je devais créer aux Nouveautés une pièce dans laquelle, au deuxième acte, mon portrait était nécessaire.

Le décorateur l'avait peint tout bonnement sur le décor, et ma foi, ce n'était pas ça, c'en était même assez loin.

Vibert un jour vient à la répétition; il voit la petite horreur qu'on avait faite et se met à hurler.

— Mais ce n'est pas possible, on ne laissera pas là cette ignominie! crie-t-il.

SALON DE MADAME CÉLINE MONTALAND.

— Dame! fait Brasseur, c'est après-demain la première, et je doute que vous puissiez d'ici là faire un
chef-d'œuvre.

— Attendez, dans une heure je parie avoir fait quelque chose de passable. Voulez-vous me donner une heure
de pose, Céline?

— J'accepte, comme vous pensez, on court chercher
une toile, un chevalet, des pinceaux et des couleurs, et,
l'heure écoulée, mon portrait était comme vous le voyez là.

Sur la cheminée, en belle place, trois photographies
chères à l'artiste, celles de ses deux fils et de sa fillette.

A ce propos, elle nous montre un nouveau stéréoscope,
inventé par un de ses amis, et qui détache la figure du
cadre d'une façon bien curieuse. Elle y place le portrait
de la petite... L'enfant est assise, souriante, sur une
escarpolette, à laquelle elle se tient de ses deux menottes
potelées.

C'est stupéfiant! On dirait qu'elle s'envole dans l'air
et vous crie :

— Plus haut!

A noter aussi deux superbes photographies sur émail
de l'empereur de Russie et de la Czarine, grandeur demi-
nature, richement encadrées dans des cadres de cuir
de Russie gaufré.

Et de très anciens verres de Bohême, des coupes d'onyx, des lampes rarissimes, des flambeaux en vieil argent capables d'avoir coûté deux ans de travail à un artiste pour la ciselure, des cornets en craquelé dans lesquels meurent quelques roses, de ci de là l'ombre verte d'un palmier, puis..., gravement assise au milieu du grand canapé, la poupée de Mademoiselle regardant toutes ces belles choses, avec l'étonnement perpétuel de ses yeux d'émail. Il me semble bien aussi avoir aperçu, dans quelque coin, la toison laiteuse d'un mouton.

*

* *

Personne n'ignore que les débuts de Céline Montaland au théâtre eurent lieu à l'âge où d'ordinaire les petites filles se barbouillent les joues de confitures.

Le maréchal Bosquet l'avait surnommée : *l'Enfant Bonheur*.

C'est dans *Gabrielle,* qu'elle fit ses premiers pas sur la scène. Elle représentait *Camille,* une toute petite bambinette.

Camille, où t'en vas-tu si vite ?..
— ..... Petit père,
Je vais dans le jardin jouer avec la terre...
— ..... As-tu fait ta lecture aujourd'hui ?
— ..... Non,
C'est aujourd'hui dimanche.

« Elle chante juste, elle danse juste, elle parle juste, elle se tait juste, elle écoute juste. Elle est vraie, elle est naturelle, elle est savante !

« On l'admire non pas comme un *baby* précoce, mais comme une très grande artiste jouant un rôle de *baby*. »

Ainsi écrivait Jules Janin le lendemain du jour où Céline Montaland, quittant la Comédie-Française après deux créations, venait de se produire au Palais-Royal dans la *Fille mal gardée*.

Au foyer public de ce théâtre, sur de grands panneaux, tous les artistes anciens et récents de la maison ont leur portrait. Céline Montaland en Espagnole y danse un fandango, entre Dailly et Geoffroy. C'est même, je crois, à cause de ce portrait, qu'un petit poète, dont le nom n'est pas venu jusqu'à moi, composa plusieurs madrigaux dont voici le premier :

Montaland rit dans ses dentelles,
Comme les minois andalous,
Sous le velours noir de leurs loups !
Ajoutez qu'elle a des dents telles
Que les écrins en sont jaloux !

Deux ans après son entrée au Palais-Royal, Tony-Révillon s'exprimait ainsi :

« Deux mesures et elle sait un air. Les rôles elle les apprend en les répétant. Elle devient actrice, peintre, musicienne, toute seule, sans efforts parce que...

« Mademoiselle Céline était grande fille, elle avait bien dix ans quand je l'ai rencontrée pour la première fois. Je la vois encore débarquant sur le quai de ma petite ville. Son père surveillait les bagages et sa mère lui donnait la main. Elle venait de faire douze lieues sur le pont d'un bateau à vapeur. Elle allait répéter dans une heure et jouer le soir comme elle avait joué la veille.

« Bah ! elle était fraîche et reposée ! Elle riait d'un bon rire d'enfant, et tout le long du chemin elle mangeait des cerises qu'elle tirait d'un petit panier suspendu à son bras.

« Le mois suivant, la duchesse de Gênes lui donnait des bonbons à croquer, et Victor-Emmanuel passait une revue en son honneur.

« Au moment où les canons allaient tonner :

« — Ne tirez pas ! cria le roi, cela effraierait l'enfant.

« — Tirez ! dit bravement Céline, tirez, je n'ai pas peur ! »

Il serait fastidieux de répéter encore pour cette artiste ce que je dis des autres, les vraies — qu'elle adore le théâtre.

Quand les passions vous prennent si jeunes, elles ne vous lâchent plus.

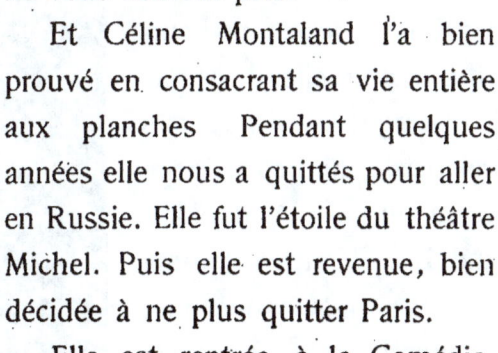

Et Céline Montaland l'a bien prouvé en consacrant sa vie entière aux planches Pendant quelques années elle nous a quittés pour aller en Russie. Elle fut l'étoile du théâtre Michel. Puis elle est revenue, bien décidée à ne plus quitter Paris.

Elle est rentrée à la Comédie-Française, et longtemps encore y rendra de grands services.

C'est à la suite de sa belle création de M*me de Moisand dans la *Souris*, qu'elle devint sociétaire.

Le rôle lui fut distribué d'une façon assez bizarre.

Pailleron, un des bons amis de l'artiste, lui avait promis un rôle important dans la *Souris*, afin de lui témoigner sa gratitude, pour le relief qu'elle a su donner à la physionomie de la duchesse de Réville dans le *Monde où l'on s'ennuie*.

C'était difficile après Madeleine Brohan !

Mais le rôle une fois prêt, Pailleron se récusa.

Décidément il ne pouvait convenir à Madame Montaland.

Jamais son talent si fin, si subtil, si délicat, ne pourrait s'accommoder de ce rôle de bourgeoise riche, très provinciale, un peu vulgaire même qu'est Mme de Moisand. L'académicien exprima tous ses regrets à son amie, lui promit sous peu une compensation superbe, c'est-à-dire une création magistrale, et donna le rôle à Mme Pauline Granger.

Il paraît qu'il ne plut pas à Mme Granger car, sans autre forme de procès, elle le refusa.

Voyant cela, Céline Montaland écrivit à Pailleron et le pria de lui donner le rôle.

— Ayez confiance en moi, lui dit-elle, et je crois que vous n'aurez pas à vous en repentir.

C'est ce qui arriva, car dans la presse, au lendemain
de la première, toute la critique fut unanime à déclarer
que l'artiste avait créé une Mme de Moisand absolument
parfaite.

Très habilement, elle sut glisser sur les situations
périlleuses de ce rôle, où elles abondent. En effet, cette
mère qui, sous le prétexte de garantir sa fille d'une
faute, pousse deux de ses amies presque dans les bras
de M. de Simiers, avec les meilleures intentions du
monde, bien entendu, est fatalement, ou cynique ou
niaise.

Madame Montaland fit ce prodige de n'être ni l'un
ni l'autre ; elle déploya une dose de talent considérable
pour arriver à faire accepter sans broncher les expressions les plus risquées.

Cette création n'est pas sa moindre victoire. Aussi
depuis ce jour, la reconnaissance de Pailleron est-elle
devenue du fanatisme.

A l'heure actuelle, il n'y a pas à Paris une seule
femme pouvant jouer les grands rôles de mère.

Depuis le départ de Mme Brohan, *le Monde où l'on
s'ennuie* avait quitté l'affiche, faute d'interprète suffisante.
On s'est empressé de le reprendre à la rentrée de Céline
Montaland.

Quelle exquise vieille que cette duchesse de Réville, avec son regard si jeune sous ses cheveux blancs, son malin sourire, et son impertinence adorable de vraie grande dame !

Et comme Céline Montaland l'incarne à ravir !

A l'acte de la serre, le soir où pour la première fois l'artiste reprit le rôle de la duchesse, ce n'était pas sans inquiétudes que l'on se demandait si le souvenir de Madeleine Brohan ne l'écraserait pas.

On écoutait.... on maîtrisait difficilement son anxiété, les amis comme les indifférents avaient presque peur. Jusque-là tout avait bien marché, mais si la scène capitale *ratait,* alors ce serait un effondrement.

Malgré la peur qui l'étranglait, Céline Montaland entra bravement en scène. Le silence qui régnait dans la salle à ce moment était presque terrible.

La première scène se passa bien, puis la seconde, puis enfin arriva le dénouement : Céline fut spirituelle, endiablée, étonnante enfin !

Alors, ce fut du délire, de la folie, on se levait, on trépignait, on applaudissait frénétiquement.... Madame Montaland dut être bien heureuse ce soir-là !

En la créant sociétaire, la Comédie-Française s'est attaché définitivement une artiste au talent fait d'expérience, de conscience, d'études, en un mot de perfections, et capable de rendre à cette maison d'immenses services dans le répertoire moderne comme dans le répertoire classique, au service duquel, dans *Dorine* surtout, elle met son charme exquis et sa bonne humeur souriante.

— Quelle artiste parfaite, quelle·femme aimable et quelle charmante camarade ! disait d'elle un de ses meilleurs et plus anciens amis.

Je ne puis, pour la dépeindre d'un mot, que répéter cette phrase, en y ajoutant ceux-ci, toutefois, qui m'ont été inspirés au récit d'infortunes par elle secourues bien souvent :

— C'est un cœur d'or !

MADAME GRISIER-MONTBAZON

A créatrice de la *Mascotte!*

Madame Montbazon traîne derrière elle ce rôle comme Paulin-Ménier le *Courrier de Lyon;* ça lui fait une seconde personnalité dont elle ne peut se débarrasser, qu'elle fuit et qui la poursuit partout, furie vengeresse attachée à ses pas.

Ce rôle, elle l'a joué *huit cents fois!* A Paris, en province, à l'étranger. Et on le lui réclame toujours!

C'est au point qu'en été, lorsqu'un impresario lui fait parcourir, par une route dorée, un pays ou un autre, elle prend désormais la précaution de faire spécifier sur ses engagements qu'elle ne jouera pas la *Mascotte.*

La bonne précaution qu'a La Châtre !

Il faudrait ne pas connaître ce public des théâtres en province, pour s'imaginer un seul instant qu'un subterfuge quelconque le fera se passer de la *Mascotte*.

En province, on ignore la bienveillance et l'indulgence qui distinguent, entre tous, le public parisien.

Ici l'on dit : Directeur est maître chez lui !

Là-bas, c'est le public qui est maître où il paie.

Et il ne laisse pas tomber en désuétude la moindre parcelle de sa prépondérance.

Les abonnés de l'orchestre qui, pour une centaine de francs, ont leur fauteuil à l'année, font la loi dans toute la salle. Un nouvel artiste doit tout d'abord obtenir leurs suffrages. Trois débuts, pour cela, sont à peine suffisants. Si MM. les abonnés ne sont pas contents, à la première fois éclate une tempête de sifflets, coupée de cris d'animaux, d'invectives, de hurlements.

S'ils sont satisfaits, ils ne le laissent voir qu'après le troisième début. Alors leur enthousiasme peut aller jusqu'au délire : ce n'est pas un couplet qu'ils bissent, c'est un acte... ou la pièce entière.

Et il ne faudrait pas essayer de continuer la représentation sans avoir joué une seconde fois en entier la partie qui leur a plu.

Qu'on le tente : une tempête s'élève ; en chœur, sur l'air des *Lampions*, la foule clame :

— Régisseur ! Régisseur !

Celui-ci paraît ; et on lui signifie qu'il faut recommencer ; un dialogue s'établit :

Le régisseur. — Mais les acteurs sont fatigués !

La foule. — Qu'ils se reposent ! Nous attendrons, nous avons le temps !

Et ce n'est pas une plaisanterie : on attend aussi longtemps qu'il faut. Le public de province n'est pas chiche de ses heures. Il restera jusqu'à l'aube, si c'est nécessaire. Mais, ayant payé, il aura un spectacle à sa guise, il lui en faut pour son argent.

On croirait qu'une femme, une artiste venant de Paris, précédée d'une réputation établie, une étoile enfin, obtient quelque déférence.

Erreur !

Madame Montbazon a essayé une fois, à Agen, je crois, de ne pas jouer la *Mascotte*.

On écouta et on applaudit tous les rôles que spécifiait son engagement.

Mais, après chaque pièce nouvelle, une députation d'abonnés allait poser cette question au directeur :

— A quand la *Mascotte* ?

L'impresario essayait de gagner du temps. Il fut vaincu. Il dut enfin annoncer à sa pensionnaire qu'il lui fallait à tout prix jouer la *Mascotte* à sa représentation de bénéfice, sous peine de faire salle vide.

Rien n'y fit.

Madame Montbazon dut s'exécuter. On dut faire venir les costumes de Paris, en toute hâte.

Ce fut un triomphe. Bouquets, couronnes, bijoux même pleuvaient sur la scène. Et tous portaient cette dédicace :

« A la Mascotte! »

Après cela, il n'y a plus qu'à se résigner à tirer l'échelle, et à jouer Bettina jusqu'à la consommation des siècles.

Aussi, maintenant, quand Madame Montbazon part en tournée, elle laisse toujours à Paris une malle prête, avec tous les costumes de la *Mascotte*. — Et jamais elle ne manque de la demander.

Autre exemple, en passant, de la tyrannie du public de province. C'était à Marseille.

Madame Montbazon avait joué *Mam'zelle Nitouche*.

Au troisième acte, elle parut à cheval, comme Judic.

Quand le rideau tomba, on entendit un grand bruit, des trépignements, des cris.

Au lieu de se lever, les spectateurs restèrent en place criant :

— Régisseur !

Le factotum se montra. Il expliqua que le plancher de la scène s'était effondré sous les pieds du cheval, que bête et amazone étaient tombés dans les dessous, mais qu'heureusement l'artiste en était quitte pour la peur.

Alors, on demanda que Madame Montbazon vînt recevoir les félicitations du public.

— Mais elle est partie se reposer!

Quand les spectateurs eurent constaté que cette information était fondée, ils se portèrent en corps devant l'hôtel où habitait la divette, et lui firent une bruyante ovation.

Madame Montbazon dut se montrer à sa fenêtre, et saluer en peignoir.

*

* *

Bettina est revenue l'année dernière au théâtre de ses premiers succès.

Mais, hélas ! elle n'a pu y être logée aussi grande-
ment que pourrait le faire supposer son succès.

Les coulisses des Bouffes étaient déjà plus que res-
treintes.

Mais l'Opéra-Comique a brûlé.

La commission des théâtres a été instituée, et, prise
d'un beau zèle, elle a taillé, coupé, rogné dans l'ex-
théâtre d'Offenbach comme si elle était chez elle.

A la vérité, elle n'a point eu tort.

Auparavant, les artistes entassés dans des loges
microscopiques auraient été, en cas de sinistre, grillés
comme de véritables côtelettes, tant est incommode l'enfilade de couloirs et d'escaliers qui conduit aux coulisses.
Maintenant, il y a, à chaque étage, une porte de déga-
gement, percée dans le mur de la maison voisine, et
qu'une clef, placée sous verre, permet d'ouvrir à la
moindre alerte.

Mais les loges sont devenues plus petites encore, et
les artistes, déjà à l'étroit, n'ont plus, aujourd'hui, à leur
disposition, qu'un espace tout à fait illusoire.

Cela n'empêche pas le succès, au contraire, mais il
est un peu plus cher payé, voilà tout.

Madame Montbazon a, au moins, le privilège d'une
loge pour elle seule.

LOGE DE MADAME MONTBAZON

Oh! bien petite! C'est un réduit taillé à même dans le bureau du régisseur.

Quand on a franchi le couloir montueux qui donne sur la rue, grimpé un escalier de fer, passé derrière la scène par un boyau où on ne va que courbé en deux, monté encore quelques marches, devant la loge des choristes, on arrive à la loge de Madame Montbazon.

A droite, un rectangle, deux mètres de long, un mètre cinquante de large.

La toilette (une simple table de bois) tient tout un côté. En face, une fenêtre permet de donner un peu d'air.

L'électricité éclaire, là-dedans, deux chaises, un petit placard, quelques rayons pour les accessoires, des patères pour les costumes, une glace, les objets de toilette nécessaires, et, en belle place, une superbe pelote à épingles, en forme de soleil, indispensable à la divette qui, avec sa vivacité, fait craquer les coutures à tout propos.

Pendant l'acte, l'habilleuse est tout occupée à ranger la loge, afin de dégager une place suffisante pour les changements.

Mais si, à l'entr'acte, il y a des visiteurs, il faut laisser la porte ouverte.

Et on cause à demi sur le palier, avec, d'un côté,

la loge de Scipion — une cage munie d'un judas en guise de fenêtre — et de l'autre, le cabinet de M. Chizzola.

*

*   *

Tout cela n'empêche pas la gaieté. Madame Montbazon a beau être logée à l'étroit, s'embarrasser dans ses robes faute de place, elle rit et chante toujours, pendant que d'une main agile, elle met un œil de poudre ici, un brin de rouge là.

Grande et point mièvre, belle de fraîcheur et de santé, elle est, elle-même, ce qu'elle se montre dans ses rôles : d'une vivacité exubérante, rieuse, espiègle, très bonne et très douce.

Dans ses yeux, où brille la gaieté, on croirait voir un reflet de sa vie, toute faite de bonheur et de succès, avec, seulement, ça et là, quelques rares pages sombres.

Véritable « enfant de la balle », elle est née à Avignon, d'une famille de comédiens. Son grand-père, sa grand'mère, sa mère, son père et ses frères étaient ou sont au théâtre. Son père s'appelait Livergne et prit le nom de Montbazon qu'elle a conservé.

Digne fille d'une telle race, elle débuta sur les planches, à cinq ans, dans le drame : *Les Pirates de la
Savane*.

A quatorze ans, elle jouait les ingénues du répertoire
de Sardou et de Dumas père, et ne songeait pas plus à
la musique qu'à quitter le théâtre.

Or, la troupe à laquelle appartenait
sa famille, jouait aussi l'opérette. Un
jour, l'étoile se trouva malade
au moment de la représentation. On avait affiché *Barbe-
Bleue*, grand succès. Il fallait
jouer la pièce, ou tout perdre.

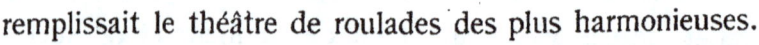

Quelqu'un s'avisa que la
petite Marie, qui avait entendu
la pièce vingt fois, en savait tous
les couplets, et, tout le jour,
remplissait le théâtre de roulades des plus harmonieuses.

Si elle jouait le rôle?... C'était un pis-aller auquel on
se résigna.

Au pied levé, Madame Montbazon remplaça sa camarade et se montra si bonne diseuse, révéla tant de
perles dans son gosier, que le public la trissa et que, du
coup, elle passa étoile d'opérette... en province.

Peu après, Cantin, qui montait alors la *Mascotte*, l'engagea pour jouer... la Princesse Fiametta. Bettina était confiée à Mme Degrandi. Mais celle-ci, malade, ne put achever de répéter la pièce; et, de nouveau, ce fut à la petite provinciale qu'on eut recours.

Cantin était désolé. Il voyait le succès compromis, et, persuadé que la pièce n'irait pas à la dixième, il songeait déjà à reprendre quelque bonne vieille rengaine.

La première fut un triomphe. En une soirée, Paris adopta la nouvelle chanteuse, et en huit jours, elle passa étoile.

Cantin déclara qu'il l'aurait prédit huit jours à l'avance!

*

* *

Madame Grisier-Montbazon, en dehors de la scène, vit en bourgeoise, d'une vie de famille, très heureuse et point bruyante.

Elle a, en effet, épousé, il y a quelques années, notre confrère Georges Grisier, de la *Patrie*, l'une des têtes du joyeux trio, complété par Blondeau et Montréal.

C'est charmant, l'histoire de ce mariage :

Madame Montbazon avait été engagée aux Folies-Dramatiques, par Blandin, alors directeur, pour jouer *Boccace*. Mais, on le sait, dans ce rôle, on met sabre au clair. Il y a duel, il faut tirer l'épée.

La divette, qui émaille la plupart de ses rôles de claques si gaîment appliquées à ses partenaires, ignorait totalement le noble jeu de l'escrime. Et elle avait une peur vague mais insurmontable des maîtres d'armes.

Blandin lui proposa de prendre des leçons de M. Grisier, fils d'un de nos meilleurs professeurs et lui-même lame très remarquable.

Ce fut accepté. Et c'est durant ces leçons que s'établit une intimité qui aboutit bientôt au mariage.

Jamais, d'ailleurs, on ne vit cérémonie si joyeuse que celle-là, qui fut célébrée à Bois-Colombes.

A l'église, tout fut des plus corrects. Le curé prononça une allocution charmante, émue et spirituelle. Des artistes chantèrent au lutrin.

Puis, un dîner réunit une compagnie choisie d'acteurs, d'hommes de lettres, de journalistes, qui, tous, rivalisèrent de gaîté et d'esprit.

La fête dura longtemps.

Burani improvisa, à l'éloge des mariés, des bouts-rimés où Mascotte rime avec bergamotte.

François Coppée dit des vers dédiés à Georges Grisier. Ces vers sont inédits : rien d'intime comme ces strophes du poète des *Intimités*.

Grisier possède un album « aux souvenirs »; là, sous une reliure de chagrin à initiales entrelacées M. G., il recueille avec un soin pieux tout ce qui a trait à son mariage avec l'étoile, et à leur vie commune.

Là, se trouvent également les bouts-rimés de Burani crayonnés sur un coin de la table du banquet.

Et ces deux dates :

5 Septembre 1882 — 5 Juin 1883,

qui rappellent la première de *Gillette de Narbonne*, une autre création de Madame Montbazon, et la naissance de la petite « Gillette ».

Là aussi, se trouvent les noms des témoins : pour le marié : MM. Desmazes, ancien président à la Cour d'appel, et Guyon, directeur de la *Patrie*.

Pour la mariée : MM. Ponchard, de l'Opéra, et Milher du Palais-Royal.

L'album s'ouvre par une dédicace à Madame Montbazon.

C'est un quatrain, signé Grisier :

A MA FEMME

Quatorze mois, n'est rien : c'est beaucoup, au contraire !
Il s'agit d'affirmer combien on est heureux.
Ta fille et ta maman répondront à la mère.
C'est si bon de s'aimer et se le dire à deux !

Tout ceci respire un parfum de famille qu'on ne se serait pas attendu, il y a vingt ans, à trouver au théâtre.

*

*   *

Parmi beaucoup de tournées qu'a faites la Mascotte, il en est une dont elle garde un inoubliable souvenir : celle de Russie.

Le père de M. Grisier avait été professeur d'escrime

à Saint-Pétersbourg, et il eut là-bas des aventures dont son ami Dumas a fait un roman.

Il y avait fondé, sur la Néva, l'Ecole française de natation.

Les Russes, galants comme on l'était en France au XVIIIe siècle pour toutes les femmes, et comme on ne

l'est plus pour personne à Paris, avaient trouvé, pour souhaiter la bienvenue à la divette, cette attention d'une exquise délicatesse : ils firent dorer à neuf les lettres de l'enseigne à l'École de natation, fondée par le père de son mari.

Au reste, elle reçut partout un accueil charmant.

Toute la cour et toute la ville coururent à ses représentations, où elle donnait en français la réplique à des acteurs du crû jouant en russe. Il y avait deux souffleurs.

Elle travailla tant, elle fit si bien que le jour de la représentation de gala, elle joua toute la pièce en Russe. Et elle adressa, en outre, un compliment inédit à l'Empereur.

Cette fois, elle souleva un véritable enthousiasme.

Elle fut reçue dans la loge impériale, et comblée de cadeaux.

Elle a renouvelé, depuis, ce tour de force à Paris, dans une soirée à laquelle assistait l'ambassadeur slave, M. de Morenheim.

Celui-ci a écouté l'actrice, en donnant les signes du plus complet ravissement, et quand elle a eu terminé, il s'est approché d'elle, et lui a dit en français :

— Ah ! Madame, comme vous venez de me faire plaisir !

*

*   *

Que dire encore?

On connaît les créations de Madame Montbazon — c'est-à-dire des succès — depuis la *Mascotte* jusqu'à sa dernière, *Mlle Crénom!*

A quoi bon percer le mur de la vie privée, pour une femme qui vit entre son mari et sa fillette?

Chaque soir M. Grisier l'accompagne au théâtre, l'attend pendant la représentation et retourne ensuite avec elle à Bois-Colombes, où ils habitent l'ancienne villa de Paul Ferrier, qu'ils ont baptisée : Villa *Gillette*.

Et, sauf une fois ou deux, où ils faillirent être attaqués par des rôdeurs en passant le pont de la Seine, ils se retrouvent toujours, heureux et tranquilles, dans cette délicieuse maison de campagne, toute pleine d'un japonisme parisien, — le meilleur des japonismes, au dire de Georges Grisier.

Mademoiselle Muller

L A Comédie-Française est devenue, du côté de ses ingénues, une succursale de la Saxe : on n'y rencontre que figurines mignonnettes, qui semblent avoir été pétries en quelque fabrique de porcelaine, sur des modèles dessinés par Greuze.

Telle Reichemberg.

Telle aussi, sa seconde, la petite Muller.

Elle a l'air perdue, dans les longs couloirs de la maison de Molière, lorsqu'elle y passe, légère comme un tout petit oiseau, emmitouflée dans des costumes très simples, excessivement simples, d'une simplicité qui coûte plus cher que beaucoup de falbalas, et l'allure timide d'une petite pensionnaire.

Et, dame! jeune venue dans la maison, elle a pour gagner sa loge, à gravir pas mal d'étages, et à traverser une enfilade de corridors, près desquels celui de la *Tentation* n'est qu'une toute petite étape. Tout le long de sa route, des figures graves ou souriantes, portraits des illustrations du théâtre, la regardent de leurs yeux d'objets d'art, et semblent lui dire :

— Tu arriveras !

Mais elle ne prend pas garde à ce que ces paroles pourraient avoir d'ironique, et elle va son chemin d'un petit pas léger, sûre, en somme, de finir par le faire.

Il y a cinq ans maintenant qu'elle est sortie de la classe de Delaunay avec son prix bien gagné : elle a joué les fantaisies de Musset avec un charme qui a été tout de suite remarqué ; et, sans qu'on lui ait encore demandé l'effort d'une grande création, sans, non plus, que ses camarades plus anciennes se soient un tant soit peu effacées pour lui permettre de se faire une petite place, — elle est déjà sociétaire, grâce à ses seules qualités personnelles.

Elle est si jolie : toute petite, fraîche, mignarde, et d'une ingénuité qui, à la ville, semble presque de la timidité, mais, au théâtre, devient un véritable charme. Rien qu'à voir ses grands yeux limpides et purs, on lui donnerait le bon Dieu sans confession ; comment, dès lors, lui refuser les applaudissements ?

Les soirs où elle joue, ce n'est pas petit embarras à l'entrée des artistes.

Un coupé de maître, d'une élégance parfaite, la dépose près des galeries du théâtre ; et, tandis que les chevaux piaffent et s'ébrouent, elle disparaît sous le

portail mystérieux, et gravit bien vite le large escalier
qui mène au vestibule directorial. Voltaire, dans son
fauteuil de marbre, la salue de son hideux sourire; les
grands hommes, dont les bustes à perruque émergent à
chaque marche de gaines solennelles, n'ont pour elle que

de doux regards ; et Rachel, elle-
même, tout en haut, dans le cadre
où Vernet lui a — sans penser à
mal sans doute, — fait une ressemblance frappante avec un grand
parapluie rouge à tête sculptée,
semble un peu dérider ses sourcils,
à la vue de cet oiseau qui apporte
la jeunesse et l'amour, dans la
maison qu'elle a remplie de ses
cris de fureur et de ses imprécations.

Elle pousse la porte vitrée qu'elle rencontre en arrivant au palier, prend à gauche un couloir où elle peut
assister chaque fois à l'agonie de M. Rotrou, homme
d'un dévouement surhumain et père littéraire de Cor-
neille et de Venceslas, passe une nouvelle porte, et
commence de gravir les trois étages qui la mèneront
avec un peu d'essoufflement à la loge où elle va s'habiller.

Encore des bustes sur des gaines, et des tableaux anciens dans des cadres brunis, et des lampes à huile, et des grenades ignifuges accrochées deux par deux dans les couloirs, pareilles à de petits flacons de curaçao sec, et elle est arrivée.

Ouf! c'est haut !

Haut perché comme un nid, mais capitonné en conséquence.

La loge est entièrement tendue de cretonne à fond crème, avec palmès rouges et bordures à dessins hindous, palmes multicolores sur fond rouge. Le plafond est tapissé d'étoffes pareilles, et le sol couvert d'un tapis également rouge et palmé.

L'ensemble de l'ameublement est plutôt simple.

Deux fauteuils aux deux extrémités postérieures de la pièce, un pouf à l'entrée et, près de la fenêtre, un meuble chinois à tiroirs d'une délicatesse exquise, avec des dessins ajourés et des incrustations d'un goût parfait.

Mais, — voyez comme Mademoiselle Muller se connaît bien — ce qui donne un certain caractère personnel à tout cela, c'est, étalés sur les sièges, couvrant le fond crème et les bordures rouges, de très délicats petits carrés de soie à sujets copiés sur des Greuze, qui semblent autant de décors assortis à la beauté de la maîtresse du lieu.

Ce sont les seuls colifichets qu'on trouve dans la loge. Les bibelots que la mignardise de Mademoiselle Muller semblerait appeler, ne brillent que par leur absence. Et ce qui achève de donner à tout cela un air de componction, de sérieux artistique, c'est, au milieu de la cheminée, un très beau buste de Molière, souriant de son sourire d'Alceste, la moustache relevée et les cheveux au vent.

Le panneau situé à droite en entrant est presque entièrement occupé par une immense glace de pied, éclairée de chaque côté par deux superbes lampes.

Quant à la toilette, elle est disposée de la même façon que chez Mlle Reichemberg.

La garniture en est, ainsi que tous les accessoires de la loge, riche et simple.

L'avertisseur, un fonctionnaire très correct, portant l'uniforme bleu à boutons d'argent, des garçons de bureau des grandes Administrations publiques, a commencé sa tournée.

D'étage en étage et de couloir en couloir, il lance son cri bizarrement articulé, si bizarrement, que personne n'a

LOGE DE MADEMOISELLE MULLER

jamais compris au juste ce que ce cri signifie, pas même celui qui le pousse.

Cela ressemble à :

— Deuxième acte, on commence !

Mais avec une prononciation, un rythme impossibles à rendre.

La première syllabe commencée à l'entresol est traînée jusqu'au premier étage.

La seconde et la troisième syllabe suffisent à tout le parcours des couloirs et de l'escalier menant au second étage.

Enfin, les deux derniers mots, répercutés par les échos, hurlés sur une mélopée plaintive et grave, ramènent l'avertisseur à son point de départ, après l'avoir accompagné dans toute la fin de sa course.

Heureusement, les artistes connaissent le cri et n'ont

pas besoin d'explication pour savoir que ce hurlement annonce le lever prochain du rideau.

Mademoiselle Muller, elle, est rarement en retard.

Toujours habillée avec une coquetterie charmante et discrète, en excellente élève imbue des traditions les plus correctes de la Maison, elle arrive au foyer un peu avant le moment de son entrée en scène.

Elle a tout le temps de se reposer de la longue course qu'il lui a fallu faire.

Et, toute fraîche, rose, émue un peu, de cette pointe d'émotion qui convient à sa tendre jeunesse, elle va débiter son rôle dans une pièce de répertoire ou dans un bijou de Musset, avec cette mutinerie de bon ton, cette délicatesse genre Delaunay, qui l'ont fait nommer, par un des vieux habitués du foyer : « La petite reine de Nuremberg. »

MADAME BLANCHE PIERSON

A loge de Madame Pierson est assurément une des plus originales qu'il m'ait été donné de voir durant mes visites chez les étoiles parisiennes.

Ce n'est plus ici la tenture d'Andrinople, de cretonne, de Perse, voire même de satin broché, mais une extraordinaire toile de l'Inde rouge brique, toute parsemée de figures bizarres peintes en noir : fakirs, bayadères, palmes, oiseaux chimériques, minarets, s'étagent, se groupent drôlement, et forment la plus originale tapisserie qu'il soit possible de rêver.

Le plafond est semblable, les meubles sont drapés de la même étoffe rapportée de l'Inde à l'artiste par un de ses amis

Madame Pierson est bien un peu à l'étroit dans sa loge, une des moins grandes du Théâtre-Français, mais elle a su en faire un nid charmant, plein de moiteur et d'odeurs exquises, où elle se plaît et où surtout, ceux qui la viennent voir se plaisent beaucoup.

En face de la porte, une glace surmontant une petite toilette toute fanfreluchée reflète tout d'abord votre image, puis, vous distinguez le long du mur, devant cette toilette, une chaise-longue sur laquelle Clorinde aime s'étendre, après un acte fatigant.

A gauche, une grande armoire d'ébène à deux panneaux de glace tient toute la cloison; une autre lui fait face; c'est la toilette spéciale des artistes, celle où l'on passe une demi-heure à faire sa tête, à manier les poudres, les fards, les blancs gras ou maigres. Sa voisine de droite, avec ses draperies de satin, ses voiles de dentelles et ses ustensiles élégants, n'est qu'une coquette, placée là pour que, dans son miroir, l'artiste, au moment de descendre en scène, puisse jeter le sourire final et le regard suprême, qui enveloppe en une seconde toute la personne.

Sur le tapis plus moelleux qu'une toison, des sièges légers sont placés çà et là. Aucun tableau ne s'accroche aux murs, aucun bibelot ne s'étale sur les meubles;

LOGE DE MADAME PIERSON

cette loge est un cabinet de toilette élégant, où rien de
ce qui est nécessaire à la parure ne manque, mais où ne
trouve place, le moindre objet profane.

Dans un cornet de vieux Chine, quelques fleurs rares
achèvent de mourir, et c'est, entre elles et les parfums
exquis répandus dans la loge, un combat d'odeurs gri-
santes où elles ne peuvent avoir le dernier mot.

De même que toutes les artistes de la Maison de
Molière, Madame Pierson reçoit peu chez elle, si ce n'est
quelques intimes pour qui les portes s'ouvrent d'elles-
mêmes.

C'est au foyer des artistes que se font les visites ;
chacune de ces dames a son coin particulier où on la
trouve sûrement, mais il arrive fort souvent que les visiteurs sont en trop grand nombre, alors on se répand
dans les couloirs ; les banquettes tiennent lieu de fauteuils, quelquefois même, on est obligé de s'étendre jusqu'à l'administration, et de mettre à contribution le cabinet
de M. Bodinier, celui de M. Jamaux, et les conversations
se continuent sur le palier, le long de la rampe, sous les
yeux farouches de la *Rachel au parapluie*, comme l'a
spirituellement désignée une sociétaire de la Maison que
je ne nommerai pas, afin qu'elle ne soit pas taxée d'irré-
vérence vis-à-vis d'une des gloires de la Comédie-Française.

Aussi n'est-ce point le soir pendant la représentation qu'il faut aller visiter la Comédie-Française si l'on veut se convaincre de la gravité de la solennelle Maison.

Dans la salle c'est parfait, les spectateurs convaincus marchent sur la pointe des pieds, les portes des loges s'ouvrent discrètement; durant les entr'actes, on ose à peine parler à demi-voix, les trois coups sont frappés lentement, le rideau se lève avec majesté, tout est parfait, enfin.

Mais dans les coulisses, dans les couloirs, dans le foyer! Si vous croyez qu'on se gêne pour rire! On aurait bien tort d'ailleurs. Cela serait trop désagréable pour les artistes, trop ennuyeux et trop lugubre. Les bustes et les portraits qui recouvrent les murs ont beau être solennels, ils ne peuvent empêcher les plus spirituelles artistes du monde de dépenser leur esprit au profit des privilégiés qui ont la faveur de les approcher.

Et s'il fallait être sérieux pendant les entr'actes, c'est cela qui contrarierait Jeanne Samary, dont le rire éclatant monte à toute minute en fusées sonores, le long des étages de l'austère maison. Souvent même, ce rire trouble à tel point l'avertisseur, qu'il en suspend son incompréhensible mélopée.

Madame Pierson n'avait que quatorze ans, lorsqu'elle parut à l'Ambigu.

Landrol qui la connaissait depuis son enfance, étant l'ami de sa famille, demanda pour elle à M. Montigny une audition qu'elle passa dans les *Premières amours.*

Le directeur du Gymnase refusa d'engager la jeune fille et cela pour une cause qui paraîtra bien extraordinaire.

Il trouvait Blanche Pierson peu jolie ! Mais deux ou trois ans après, la jeune artiste se vengea sans s'en douter du mauvais compliment que lui adressait autrefois M. Montigny.

— Oh ! disait-il au foyer de son théâtre, le lendemain de la première de *Dalila* au Vaudeville, la petite femme qui joue la fille du musicien, quelle exquise créature !

— Tiens ! répliqua Landrol, vous avez donc changé d'avis ? quand je vous l'ai présentée, vous n'en avez pas voulu sous prétexte qu'elle était laide !

— Moi ? ça n'est pas vrai ! ou alors, c'est qu'on l'a changée !

Un an après, Blanche Pierson débutait au Gymnase dans le *Tattersal brûle.* Elle y fit quelques créations, notamment *Andréa,* jusqu'au jour où elle remporta un triomphe dans la reprise de la *Dame aux Camélias.*

18

Pendant nombre d'années, raconte d'elle Paul Mahalin, Blanche Pierson se contenta d'être une gentille artiste, la femme la plus jolie et la plus à la mode de Paris. Mais un jour, elle devint ambitieuse. Elle voulut être une grande comédienne. Et le soir de la reprise de la *Dame aux Camélias*, quand le rideau se leva sur le cinquième acte, ce fut dans toute la salle une stupeur. Renversée sur sa chaise longue, immatérialisée, émaciée, *gracilis;* — pour me servir d'une expression latine, qui implique la ténuité sans exclure la grâce — la nouvelle Marguerite Gautier dégageait un charme souverain et douloureux, qui ravissait et navrait à la fois. Jamais Ary Scheffer n'avait posé sur un oreiller de dentelles, une tête plus idéalement pâle, et laissant mieux transparaître l'âme.

Les agonies savantes de Mme Doche étaient égalées, sinon dépassées.

Car elle avait appris ce qu'il y a sans contredit de plus difficile au théâtre : *Savoir mourir*. Savoir mourir alors qu'on a sur le front la plus radieuse couronne de la jeunesse, alors que l'étude ardente, ou une révélation soudaine, vous dévoilent les procédés que l'expérience seule enseigne le plus souvent, — et que l'on n'est point exposé à entendre siffler à son oreille, la phrase venimeuse qui a piqué en plein triomphe, l'éminente créatrice du rôle :

— Elle meurt bien, elle meurt bien... Parbleu ! c'est de son âge !

Sa création principale fut ensuite Sidonie Rissler, dans *Fromont jeune et Rissler aîné* au Vaudeville.

Elle rendait avec un art parfait le cynisme de la perfide Sidonie ; on la détestait, on la maudissait, on plaignait de tout son cœur la pauvre petite Désirée que jouait Mlle Bartet, et, dans les couloirs pendant les entr'actes ce n'était qu'un cri :

— Étonnante Blanche Pierson ! est-elle assez dans la peau du personnage !

— Oh ! oui ! c'est désespérant cette perfection dans la noirceur. On a des envies de l'étrangler !

Un an après dans *Dora*, les rôles étaient intervertis : Mlle Bartet courbait la tête coupable de la comtesse Zicka, tandis que Blanche Pierson dans Dora souffrait, pleurait, et finalement faisait triompher la vertu.

J'oubliais cette création de Mme de Montaiglin, dans *Monsieur Alphonse*, l'œuvre géniale de Dumas fils, où Blanche Pierson se montra si touchante, si pathétique, si belle enfin !

C'est surtout à la scène de l'aveu qu'elle fut applaudie, quand désespérée, folle, à la pensée de perdre sa petite Adrienne, de l'abandonner à nouveau en des mains étrangères, elle laisse échapper, sans s'en apercevoir dans son exaltation, sa fougue, son délire, l'aveu de sa maternité. Elle avait un regard, un geste, une façon de tomber à genoux qui transportaient la salle. En 1878, on reprit, *Monsieur Alphonse* avec Mme Fromentin ; la critique la trouva « trop languissante » et à ce propos fit des comparaisons tout à l'honneur de la créatrice du rôle.

Il y a quelques jours, la nouvelle reprise avec Mlle Brindeau ne fit pas non plus oublier Blanche Pierson, la si touchante Raymonde de Montaiglin.

Au Vaudeville, Madame Pierson créa encore les *Petites Mains*, le *Nabab*, etc.

Ce fut en 1884 qu'elle débuta aux Français dans miss Clarkson, de l'*Étrangère*.

Ses débuts furent brillants, et bientôt reconnaissant

les services que pouvait rendre à la Maison cette artiste, le comité la nomma sociétaire en 1886, après l'épreuve classique obligatoire, que Madame Pierson subit victo- rieusement dans l'Elmire, de *Tartuffe*.

Clorinde, de l'*Aventurière*, est rendue par Blanche Pierson avec l'intelligence com- plète, la physionomie exacte, conçue par Émile Augier, et dont quelques artistes, même Sarah Bernhardt, s'étaient écartées.

Dans le répertoire, Madame Pierson a de nombreux rôles. *Denise*, la comtesse de Séran, du *Monde où l'on s'ennuie*, la duchesse de Bouillon, d'*Adrienne Lecou- vreur*, etc., etc.

Elle reprit, dans *François le Champi*, qui de l'Odéon passa dernièrement aux Français, le rôle de Madeleine Blanchet, dont la créatrice illustre est Marie Laurent. Toute la critique se mit d'accord pour trouver à la nouvelle Madeleine un charme discret, une résigna- tion parfaitement en harmonie avec le caractère du rôle.

Dans *Henri III et sa Cour*, elle est fort majestueuse et

fort belle sous la cape et le voile noir de la ténébreuse Catherine de Médicis.

La Comédie-Française, en s'attachant définitivement cette excellente artiste, a montré qu'elle savait faire preuve de bon goût et d'intelligence.

Le talent de Madame Blanche Pierson méritait bien cette consécration définitive.

Mademoiselle Suzanne Reichenberg

ES vieux abonnés, ceux qui, depuis vingt années, promènent, les soirs d'abonnement ou de première, leurs gilets en cœur au foyer de la Comédie-Française, persistent à l'appeler :

— La petite Reichenberg.

Et elle est si mignonne, si fluette, elle glisse sur les couloirs d'une allure si vive, passant comme une blonde apparition, que le qualificatif peut bien sembler exact un tant soit peu.

Mais il suffit de la voir un instant sur la scène, pour que toute cette mièvrerie physique disparaisse, et qu'on ne songe plus qu'à la grande artiste, à celle qui, à trente-cinq ans, occupe la première place dans la Maison, où d'autres, à cet âge-là, songent seulement à entrer.

Il y a vingt ans aujourd'hui que Suzanne Reichenberg fait partie de la Comédie-Française.

Du premier coup, elle s'y fit remarquer. Et il ne lui a pas fallu longtemps pour prendre l'un des premiers rangs.

En vingt années, elle a conquis tous les lauriers qu'elle pouvait souhaiter. Et, dans la Maison sacrée où tout se fait hiérarchiquement, elle est arrivée désormais à habiter, après avoir séjourné à tous les étages supérieurs, descendant un escalier à chaque nouveau succès, une des plus belles, sinon la plus belle et la plus grande des loges de femmes.

Cette loge est située au premier étage au-dessus du foyer; c'est la première qu'on rencontre dans le couloir à gauche.

La porte s'ouvre sur une petite antichambre sombre, fermée par des draperies. On entre dans la loge par la droite. Et l'on se trouve alors dans une pièce vaste, carrée, augmentée à gauche d'un retrait formant cabinet de toilette, et, donnant, à droite, sur une autre pièce plus petite, servant de débarras et de garde-robe : un véritable appartement.

On frappe.

— Entrez! dit une voix douce qu'il suffit d'avoir entendue une fois pour reconnaître.

On entre et... l'on ne voit rien, si ce n'est en face
de soi, devant la haute et large fenêtre drapée de soie
rouge, un porte-manteau monté sur pied, qui supporte
un costume tout frais, tout étincelant, et qui semble prêt
à être endossé. Ce n'est pas lui pourtant, qui a parlé.

Heureusement, dans le miroir placé au-dessus de la
cheminée, en face de la porte, on voit se refléter... un
dos de femme ou plutôt de jeune fille. Et l'on devine
que Mademoiselle Reichenberg est assise à sa toilette,
dans cette partie de la loge qu'on n'aperçoit pas en
entrant.

Peut-on approcher? — Grave question!

Mais l'actrice ne vous laisse pas longtemps dans
l'embarras.

— Asseyez-vous donc et causons!

Et la conversation s'engage, tandis que Mademoiselle
Reichenberg continue de se faire la tête, et qu'on peut saisir
dans le haut miroir clair qui surmonte sa table de toilette,
tous les jeux de sa figure mobile.

Quelle physionomie charmante et combien naturelle!

Très spirituelle et point du tout méchante, elle cause
de tout et si bien.

Pourtant, il faut s'interrompre un instant.

Voilà le coiffeur : le silence est recommandé.

L'habilleuse, la bonne maman Bénard, prépare l'eau, les fers, tout ce qu'il faut pour disposer comme il convient les cheveux blonds de l'actrice.

— Oh ! maman Bénard, c'est trop chaud ! s'écrie-t-elle, tandis que s'approche de sa tête, un fer resté un peu trop longtemps au-dessus de la flamme.

Et elle a le ton si mutin, si naturellement petite fille, qu'on s'arrache un instant à l'examen des œuvres d'art, dont sa loge est remplie, pour saluer à nouveau sa toujours radieuse jeunesse.

Elle est charmante, sa loge, et révèle l'artiste qu'est, jusqu'aux bouts de ses ongles en amandes, Suzanne Reichenberg. Sa toilette est comme un petit temple.

Encadrée d'une sorte de corniche découpée dans la cloison, elle apparaît à l'observateur placé dans la loge, pareille à un tableau grandeur nature, et qui serait éblouissant de clartés.

La table de marbre blanc porte une garniture d'un goût parfait, très riche, très élégante.

L'artiste, assise sur une chaise assez haute, se mire dans une de ces glaces à trois pans mobiles, si commodes pour celles qui ont besoin de surveiller chaque mèche de leur chevelure, de peur qu'un rien vienne changer l'expression de la physionomie.

LOGE DE MADEMOISELLE REICHENBERG

De petites lampes Edison jettent là-dedans leur lumière d'étoiles.

Et, dans des cadres d'or, des aquarelles accrochent aux murs, sur la tenture claire, de riantes couleurs : à droite les deux pendants bien connus : *le Joueur de guitare* et *la Bohémienne au tambour de basque*, les deux tableaux devenus classiques; à gauche *l'Indiscret* de Rosi, *les Femmes savantes*, du même, un délicat souvenir de la pièce où l'actrice fit ses débuts et obtint ses premiers succès.

Le plafond est peint en ciel bleu avec des petits nuages d'argent. Et les pieds foulent un tapis d'Orient où le bleu, le blanc et le rouge, s'entremêlent en dessins originaux.

Suspendus par des nœuds de rubans rouges terminés en rosaces, plusieurs tableaux ornent les murs.

Un grand pastel de Saintin représente en pied la maîtresse du logis dans *l'Ami Fritz*. Très finement dessiné, très doux de coloris et d'un sentiment vrai, ce portrait est amicalement dédié à Mademoiselle Reichenberg.

Il est placé à gauche de la fenêtre.

A droite, se trouve une fort belle gravure : *le Baiser*, de Carolus Duran.

Un autre portrait de l'actrice, une eau-forte signée Abot, d'une touche parfaite, d'une ressemblance et d'un fini exquis, est accroché près de la porte d'entrée.

A côté de ces œuvres modernes, le dix-huitième siècle est représenté par une superbe toile de Largillière, le portrait de Mlle Duclos de la Comédie-Française. L'artiste, qui porte sur ses joues le fard de son époque, ce fard emblème du jeu maniéré qui était à la mode alors, semble, dans son cadre ovale, sourire à celle qui lui a succédé avec tant d'éclat.

Peu de sièges meublent la loge, on voit qu'elle n'est ouverte qu'aux intimes : un canapé devant la fenêtre, quelques fauteuils crapaud, deux ou trois chaises et tabourets de styles et d'étoffes variés.

Ici, encore, la clarté est répandue à profusion par des petites lampes électriques appliquées de chaque côté d'une grande glace qui, du sol jusqu'au plafond, occupe le milieu de la cloison de droite.

Sur la cheminée, une terre cuite, *le Baiser*, de Saint-Marceaux, reposant sur un socle, est éclairée par des bougies roses placées dans des bougeoirs orientaux, émaux cloisonnés en forme d'ibis cabalistiques, et un petit paravent d'étoffe ancienne, tout mignon, et dont chaque feuille est garnie d'une épaisse glace à biseaux, zigzague en un coin, seul bibelot futile dans cette loge pleine, mais non encombrée.

J'oubliais une merveilleuse cassette placée sur une console, sous l'eau-forte d'Abot, et dont les ornementations et les ciselures sont de toute beauté.

Pendant que j'admirais tout cela, la coiffure s'est achevée. Et juste au moment où j'allais jeter un indiscret coup d'œil dans la petite pièce voisine, l'actrice pousse un Ouf! de satisfaction, et rejette le large peignoir qui emprisonnait ses bras. Le coiffeur se retire et on peut se remettre à causer.

Hélas! dans le couloir retentit un pas cadencé, l'avertisseur annonce le lever du rideau, et l'artiste, ayant achevé de s'habiller en un tour de main, se sauve, vous jetant de sa voix douce :

— Pardon, pardon !... Mais je ne voudrais pas être en retard.

On regrette encore son départ, que déjà les échos des couloirs apportent un fracas pareil à celui du ton-

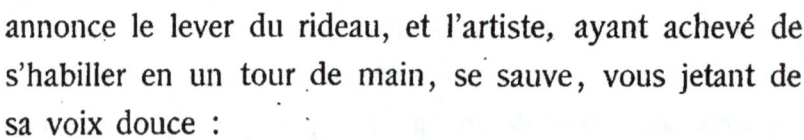

nerre : ce sont les applaudissements qui saluent son
entrée en scène.

*

*   *

Ces applaudissements-là, l'actrice les entend chaque
fois qu'elle joue depuis vingt ans. Et ce n'est que justice!

Il n'y a guère d'exemple, en effet, au théâtre, d'une
si complète réunion de qualités et de talent.

Et Mademoiselle Reichenberg a la grâce, le charme,
le naturel, un je ne sais quoi qui fait qu'on lui applique
chaque jour les épithètes les plus louangeuses, sans
craindre jamais d'aller trop loin, d'outrepasser la vérité.

Il est vrai qu'elle a été à excellente école, et de bonne
heure!

Dès l'âge de quatre ans, Suzanne Brohan, sa marraine,
la prit sous sa protection, s'acquérant un nouveau titre
à l'admiration des fanatiques du théâtre : elle leur avait
déjà donné ses deux filles, Augustine et Madeleine, deux
étoiles; elle allait leur en préparer une troisième.

La petite Suzette avait des aptitudes merveilleuses,
qui se développèrent rapidement.

En 1866, à douze ans et demi, elle entrait au Conservatoire, dans la classe de Régnier : elle savait et jouait déjà trente-six rôles.

Son excellent professeur lui donna tous ses soins.

L'année suivante — elle n'avait pas quatorze ans — elle obtenait un second prix de Comédie.

Et un an après, elle sortait du Conservatoire avec un premier prix décroché dans *Lady Tartuffe*.

19

Le 14 décembre 1868 — un lundi — elle fit son premier début dans Agnès, des *Femmes Savantes*.

Ce fut un succès éclatant. La presse, qui, d'habitude, est assez froide avec les débutantes, fut unanime à constater que celle-ci sortait absolument de l'ordinaire. On lui adressa de telles louanges, on lui trouva de telles qualités — l'ingénuité sans rien de maniéré, la grâce, la finesse, l'esprit, le naturel — que la direction se garda bien d'agir envers elle comme elle se comporte envers les lauréats du Conservatoire entrés à la Comédie sans stage préalable : au lieu de la reléguer dans les « pannes » du répertoire classique et du lever de rideau, on lui permit d'aborder la rampe aux grandes soirées, on lui confia tout de suite des créations. Et, à dix-sept ans et demi, elle fut nommée sociétaire, ce qui, sans doute, ne s'était jamais vu.

Aujourd'hui, elle a trente-cinq ans, et on l'appelle « la petite doyenne ».

Que de rôles elle a joués dans ces vingt ans, que de triomphes elle a remportés !

Si j'en voulais faire l'énumération, je n'en finirais plus.

Depuis sa création des *Faux Ménages*, jusqu'à celle de *Francillon*, pour m'arrêter à une pièce du Maître, elle a été de toutes les œuvres comportant une ingénue : elle a joué tous ces rôles avec une qualité spéciale, bien rare, et pourtant bien caractéristique de l'ingénue : le sentiment chaste. D'autres, ses devancières ou celles qui aspirent à lui succéder, sont espiègles, rieuses, douces ou légèrement coquettes, timides ou hardies, mais elles n'ont pas, comme Reichenberg, la chasteté innée qui laisse à chaque moment éclater le sentiment et l'émotion, tout en leur conservant bien leur caractère de naïveté, qui est la marque même de l'ingénuité. Reichenberg a, quand il le faut, toutes ces qualités-là ; elle a en plus celle qui lui est propre, et qui constitue son éternelle supériorité.

On le voit bien quand elle reprend des rôles du répertoire où d'autres ont brillé : il semble qu'on y découvre de nouvelles beautés lorsqu'elle les joue. Et ce n'est pas une illusion : ces beautés qui étaient dans le rôle, d'autres les avaient laissées dans l'ombre ; Reichenberg seule a su les faire briller.

Qui donc a jamais interprété comme elle, les fantaisies de Musset ?...

Disons bien vite que Reichenberg ne s'endort pas sur ses lauriers. Au contraire.

Car c'est une rude travailleuse, jamais en repos,

toujours songeant à un rôle ancien ou à une création.

Chez elle, dans son délicieux petit hôtel de la villa Saïd, au Bois de Boulogne, tout rempli d'œuvres d'art et de bibelots de prix, capitonné et défendu contre les bruits du dehors par de hautes tentures d'un rouge

sévère, elle étudie constamment, s'inquiétant du moindre détail, observant et faisant des recherches savantes pour arriver à la vérité la plus parfaite.

Au théâtre, dans sa loge même, ou au petit foyer des changements, elle travaille encore, soit seule, soit avec des camarades qui lui donnent la réplique. Même, je ne suis pas bien sûr qu'elle ne pense pas encore à ses rôles en dormant, et dans son coupé, quand elle se rend au théâtre, ou quand elle en revient.

Avec cela, elle joue fort souvent ; elle est toujours en répétitions ; et elle trouve encore moyen de donner des leçons aux femmes du monde qui se préparent à la comédie de paravent, et de recevoir, chez elle, tous les soirs de cinq à sept.

Quel est celui de nos ministres qui travaille autant ?

On ne s'étonnera donc pas, si j'ajoute que Mademoiselle Reichenberg a quelquefois des distractions, des
oublis, quand il s'agit de choses
ne concernant pas son théâtre.

Ainsi, l'autre jour, elle racontait, le plus gaîment du
monde, qu'en un mois elle
venait de perdre pour plus de
cinq mille francs de bijoux,
pour une épingle mal plantée,
ou un fermoir agrafé de travers.

Mais elle semblait s'en
soucier beaucoup moins que
de la phrase qu'elle allait pro-
noncer tout à l'heure, en entrant en scène.

D'habitude, Suzanne Rei-
chenberg est rieuse comme
la petite sous-préfète du *Monde
où l'on s'ennuie*, ou la jeune fille qui donne la recette de
la salade japonaise. Mais elle n'en a pas moins un cœur
exquis, très tendre, et qui ne peut voir une souffrance
sans la soulager ou en prendre sa part.

Je me rappelle l'avoir vue pleurer presque, un soir où, tandis qu'elle se préparait à entrer en scène, on venait de l'avertir que son frère, un militaire, venait de tomber malade et d'entrer au Val-de-Grâce.

Conçoit-on quel doit être le supplice des comédiens, lorsqu'ils se voient obligés de jouer des rôles gais avec de telles pensées dans l'âme ?

Un joli mot inspiré à un spectateur par la jeunesse toujours exquise de Mademoiselle Reichenberg :

— On devrait l'appeler Mlle Delaunay !

Mademoiselle Gabrielle Réjane

I jamais, chez une artiste, la vocation théâtrale fut sincère et précoce, c'est assurément à Mademoiselle Réjane que la palme doit être décernée.

Toute enfant, la petite Gabrielle faisait déjà les délices du foyer des artistes du théâtre de l'Ambigu, dont son père était contrôleur en chef.

Pendant les entr'actes c'étaient, chez les pensionnaires de ce théâtre, des accès de fou rire, devant la bambine qui imitait tour à tour chacun des artistes, avec une perfection, qu'on attribuait jusqu'alors au seul singe de Maître Nicolet.

Mademoiselle Réjane excusera cette comparaison, mais j'en eusse difficilement trouvé une autre, puisque jusqu'à présent, les véritables modèles d'imitation ont été les enfants et les singes.

Non seulement la petite fille s'ingéniait à bien imiter, mais encore elle voulait « faire de l'effet » dans les jeux de scène...

« C'est ainsi qu'au milieu d'une tirade, elle s'interrompait pour demander à sa mère un mouchoir *pour pleurer,* ou s'inquiétait avec une conviction parfaite, si le soulèvement de sa petite poitrine indiquait suffisamment l'émotion qu'elle était censée ressentir, et qu'exprimait sur la scène l'artiste qu'elle était en train de copier. »

« Devant une vocation artistique aussi nettement caractérisée » les parents de la fillette n'avaient qu'un seul parti à prendre : celui de fourrer au plus vite Mademoiselle Réjane au Conservatoire.

C'est ce qu'ils firent.

Elle en sortit en 1874 avec un second prix de comédie et fut immédiatement engagée au Vaudeville.

La jeune artiste créa successivement plusieurs rôles, entre autres celui d'Angèle, des *Dominos Roses,* où l'on s'étonnait de voir la piquante ingénue en mariée.

— Déjà ! disait particulièrement à ce sujet le pauvre Arnold Mortier, Réjane joue une toute jeune mariée, c'est vrai ; mais dorénavant quand elle paraîtra en robe blanche avec une ceinture bleue, je ne pourrai plus la prendre au sérieux.

La même année, Mademoiselle Réjane se faisait remarquer dans la reprise de *Nos Alliés*, où elle tenait le rôle créé par Mme Fargueil.

Mais elle demeura bien un peu dans la coulisse malgré son talent, jusqu'au jour où l'éclatant succès qu'elle remporta dans le *Club*, la mit d'emblée au rang d'étoile.

Alors un revirement s'opéra ; on ne lui confiait plus de rôles dans une pièce quelconque pour l'utiliser, tout au contraire, les auteurs faisaient spécialement des pièces pour elle.

Le charme bizarre, la grâce originale, la gaminerie gouailleuse de la jeune artiste, triomphaient enfin; elle était devenue ce que toute sa vie elle rêva d'être : Mademoiselle Réjane, et non Mlle X... qui joue les Y..., les Z., les ingénues et les coquettes.

Sa principale, sa plus belle création, est de s'être elle-même créée pour ainsi dire, et d'avoir résumé dans sa petite personne tout ce que la Parisienne peut avoir de piquant, de troublant, d'exquis.

Fleur d'essence bizarre, certainement, mais fleur unique, comme il n'en est point de pareille au monde ; qu'on adore, qu'on encense, partout où elle se transporte, et que l'univers entier tient à voir dans son cadre, sur le terrain où elle fleurit, dans ce Paris redoutable et charmant dont rêvent tous ceux qui en sont éloignés.

Quand j'aurai cité : *Ma Camarade*, *Décoré*, *Germinie Lacerteux*, *Marquise!* c'est à peine si j'aurai nommé le cinquième des pièces que créa Réjane.

C'est elle qui contribua pour la grosse part à la vogue de *Décoré*, il fallait Réjane et rien qu'elle, pour rendre, comme il l'avait rêvée, l'Henriette de la fine comédie d'Halévy.

Pour *Germinie Lacerteux*, c'est dans un autre sens la même chose. On déclara la pièce mortellement ennuyeuse, mais on ajouta :

— Il faut voir Réjane, qui est une merveille, qui est unique, qui, à elle seule, fera de cette pièce un succès de curiosité.

Et *Marquise!*

— Sardou s'est trompé, déclara toute la presse, l'auteur de *Patrie*, de la *Haine*, a fait là une tentative avortée. Malgré cela, *Marquise!* ne quittera pas l'affiche de sitôt. Car on ira voir Réjane, Réjane qui est étonnante tout bonnement dans ce rôle de Lydie Garousse, la fille parvenue. Elle est naturellement cynique à vous en donner la chair de poule.

Puis elle vous porte ses robes avec un chic, qui doit faire éclater de jalousie toutes les « belle madame ».

Mademoiselle Réjane a conquis haut la main sa place parmi les étoiles fixes les plus brillantes du firmament artistique.

Y a-t-il dans une soirée mondaine une partie théâtrale? vite on s'empare de Réjane; une fête de charité? encore Réjane, pour tenir le comptoir le plus important; c'est elle, à coup sûr, qui fera la plus grosse recette.

Un cercle donne-t-il une revue? C'est Réjane toujours.

« Hors Réjane, point de succès! » affirme un auteur, parodiant à sa façon la sentence de l'Église.

La Comédie-Française a eu, a encore le désir de s'attacher l'artiste. Quand on l'interroge sur ce qu'elle ferait le cas échéant, Mademoiselle Réjane répond en termes assez vagues; pourtant il m'a semblé que d'après ce qu'elle pense ou laisse voir, son intention est de demeurer libre.

A l'Odéon, au Vaudeville, elle est adorée; son nom
en vedette est synonyme de succès; de plus, quand il
lui plaît d'accepter un engagement splendide, pour une

tournée de la pièce en vogue,
comme *Décoré*, par exemple,
elle est sûre que de ville en
ville, ce ne seront qu'ovations, cadeaux princiers,
fleurs et bravos.

Pourquoi, dans ce cas,
irait-elle troquer cette liberté,
cette existence charmante
contre une place de pensionnaire aux Français, et la
perspective de devenir sociétaire au bout de deux ou
trois ans?

La troupe de la Maison
de Molière est une des plus complètes et des mieux
composées qui soient. Les sociétaires, comme de juste,
tiennent à faire le plus de créations possibles, et les
pensionnaires n'ont que de rares occasions de se montrer.

Elles jouent dans les levers de rideau, doublent une
camarade indisposée, reprennent des rôles après que la

créatrice en est fatiguée, et ne voient souvent leur nom sur l'affiche que pendant l'été.

Ainsi, par exemple Mlle Legault, qui, depuis son entrée aux Français, n'a eu qu'une création : celle d'Agnès Sorel dans *Alain Chartier*, et encore elle ne doit cette bonne fortune qu'aux refus successifs de Mmes Barretta-Worms et Brandès, à qui on avait offert d'abord le rôle.

Je ne sais pas ce que pense de sa situation nouvelle Mlle Maria Legault, mais je suis presque persuadé qu'elle doit regretter quelquefois l'époque brillante de *Tête de Linotte* et de *Clara Soleil*.

Ce sont probablement des pensées analogues qui empêcheront, pour le moment du moins, Mademoiselle Réjane de songer à la Comédie-Française.

Un peu plus tard, qui sait! si elle est sûre d'y trouver la place à laquelle son talent lui donne le droit de prétendre...

Mais elle n'est pas pressée, et je ne saurais que l'en féliciter, puisque c'est à cela que l'on devra de l'applaudir plus souvent.

Mademoiselle Réjane, à cause de ses déménagements successifs de l'Odéon au Vaudeville, aux Variétés et *vice versa*, n'a pas de loge à proprement parler.

Mais comme elle tient à être partout où elle se trouve

dans une loge pas banale, l'artiste a eu une idée qui, certes, devait surtout germer dans son cerveau.

Elle s'est fait faire une tenture japonaise appliquée sur des montants de bois, de sorte qu'on la place et la déplace à volonté.

Sur cette tenture, des écrans, des masques, des éventails, tous les innombrables bibelots inventés par les fils du Soleil sont accrochés, cloués, collés.

De la sorte, quand Mademoiselle Réjane se déplace, on a seulement quelques clous à arracher, on plie cette sorte de tente dans une malle spéciale, et la loge de l'artiste voyage partout avec elle.

J'oubliais de mentionner quelques sièges bizarres, et une chaise longue en paille de couleur, qui se plient également, l'élégant nécessaire de toilette en vermeil et en écaille blonde, et enfin, les nappes ourlées de fines guipures, qui recouvrent la table de bois, et composent

en quelques minutes une toilette de duchesse. Ajoutez à cela des fleurs dans tous les coins, et vous aurez une description complète de cette loge bien personnelle et à coup sûr point ordinaire.

Mais de cela il ne faut pas s'étonner ; qui supposerait jamais que Mademoiselle Réjane puisse avoir une idée banale ?

Elle habite rue Brémontier, tout au bout, à deux pas des fortifications, un petit hôtel en briques roses avec balcons de bois qui surplombent, du plus ravissant effet.

Les fenêtres garnies de stores rouges, sont encadrées de faïences multicolores et toutes garnies de fleurs.

La porte est comme les balcons, en bois sculpté à la façon du XIII siècle. Un mignon marteau de fer forgé vous invite, le traître, à le prendre et à frapper ; mais si vous voulez qu'on vous ouvre, appuyez plutôt sur le timbre électrique qui se dissimule presque, le sournois, dans l'encadrement de la porte.

A l'intérieur, le vestibule assez petit est tout tendu de vieilles tapisseries, et décoré d'un fort bel escalier de vieux chêne, lequel conduit aux appartements privés.

Le rez-de-chaussée est occupé à gauche par la salle à manger, à droite par le salon auquel le hall fait suite.

20

C'est un entassement, un fouillis au premier abord ; mais après examen, ce fouillis est des plus artistiques, cet arrangement particulier devient un charme pour les yeux.

Ne vous avisez point, par exemple, de rechercher la symétrie, la correction, ne demandez pas aux nombreux tableaux qui décorent ces deux pièces charmantes, d'avoir des cadres dorés ; aux bronzes, aux milles bibelots, d'être sagement rangés sur les tables ou sur les consoles.

Toutes ces choses s'animeraient, je crois, pour vous rire au nez, et elles vous diraient :

— Par exemple ! nous, peintures, aquarelles, fusains, ne sommes-nous pas mieux, et plus décoratifs sur ces chevalets, avec ces draperies d'étoffes chatoyantes qui nous entourent ?

— Et pour nous terres cuites, nous bronzes, nous ivoires, croyez-vous que c'est amusant la rectitude ?

— Nous sommes bien plus contents de nous étaler un peu au hasard, partout où nous serons bien placés pour des yeux d'artiste ; or, celle à qui nous appartenons, l'est jusqu'au bout de son petit nez mutin et retroussé ; et nous voulons, avant toutes choses, plaire à notre maî-tresse.

Dans ce cadre bien fait pour elle, parmi ces œuvres d'art assemblées, il faut voir Réjane, l'exquise Parisienne, son corps souple vêtu d'étoffes qui la moulent, parler,

SALON DE MADEMOISELLE RÉJANE

rire, marcher ; cela donne la stupéfiante sensation d'une
merveilleuse figurine qu'un coup de baguette féerique

animerait subitement, et qui serait la reine du monde adorable des bibelots.

Et c'est avec cela la femme la plus charmante, l'artiste moderne par excellence, la causeuse la plus spirituellement endiablée...

Hélas ! je m'arrête, ne trouvant plus dans ma pauvre cervelle, que des lieux communs, pour exprimer combien Réjane est aimée par un peuple de fervents.

Je suis sûre que jamais la raffinée Henriette de *Décoré* ne me le pardonnerait !

MADEMOISELLE RENÉE RICHARD

NE bonbonnière, une vraie bonbonnière ! s'é-criait le très radical député C., un soir où le général X. avait réussi à l'arracher aux séductions du foyer de la danse pour lui faire visiter la loge de Mademoiselle Richard.

Et le *leader* bien connu avait trouvé l'expression vraie : Cette loge est exquise. Celle qui s'y habille a su la meubler et l'orner avec tant de goût, elle en fait les honneurs avec tant de charme que tous ceux qui ont accès dans les coulisses de l'Opéra souhaitent d'y être reçus. Les soirs où l'artiste chante, c'est, à sa porte, un véritable encombrement ; et la direction a déjà songé bien des fois à y faire transporter pour ces occasions les barrières à claires-voies qu'on place aux guichets pour maintenir l'ordre les jours où il y a trop de monde. On verrait, si ce rêve se réalisait, toute une foule de célébrités politiques, mondaines, artistiques, *faire la queue*.

Lorsqu'on entre dans la loge de Mademoiselle Richard,

on éprouve comme un éblouissement : la lumière électrique, jaillissant toute blanche de deux globes opalisés, éclaire tout d'abord un véritable jardin de fleurs magnifiques, jetées partout, tribut ordinaire offert à l'artiste par ses admirateurs.

Parmi les fleurs et les plantes, comme dans une serre riche, apparaissent les objets d'art, les bibelots de prix, les colifichets brillants et coûteux, les meubles à l'invitante mollesse. . La lumière se joue sur les murs tendus d'andrinople rouge, sur le plafond où s'enroule une rosace pareille, et il n'est pas un point, pas un angle de cette loge, spacieuse comme toutes celles de l'Opéra, où elle n'éclaire quelque jolie chose offerte à l'artiste en témoignage d'admiration, et disposée par elle avec un bon goût parfait et sûr. Les globes électriques, placés à gauche de la porte d'entrée, de chaque côté de la grande glace qui surmonte la cheminée, font tomber tout d'abord leurs rayons sur une *Jeanne d'Arc* de bronze, dont le socle porte cette dédicace :

« *Hommage au Talent* »

La *Jeanne d'Arc*, peut-être emblématique, est d'un aspect sévère que deux mignonnes statuettes de saxe, qui se font pendant, corrigent heureusement de leur allure plus tendre, plus légère, tandis que devant la cheminée, un paravent chinois, brodé de fleurs invraisemblables et d'oiseaux fantastiques, jette au milieu de la symphonie en rouge, sa note brillante d'exotisme troublant.

Un canapé, placé sous la fenêtre, en face de la cheminée, offre aux visiteurs le velouté de sa peluche vieux rouge à ramages bleus ; deux fauteuils sont, avec lui, réservés aux intimes.

Deux fort beaux portraits de Verdi et d'Ambroise Thomas ornent les deux côtés de la glace. Sous le second, en costume de *Fernand*, voici le très regretté Roger, le maître qui, avec Obin et Ismaël, a formé pour l'Opéra une de ses plus charmantes et plus fidèles artistes.

Tous les murs sont couverts de porcelaines de la Chine et du Japon, sûrement anciennes et authentiques ; et, à droite de la porte d'entrée, un ravissant petit meuble Henri II, à galeries, portant tout un monde de mignonnes potiches, de tout petits vases, de bronzes minuscules, arrangés en un fouillis plein d'art, achève de donner à cette loge l'aspect d'un boudoir, capitonné, élégant, coquet, — d'une bonbonnière.

Le fond seul de la pièce est réservé par l'hospitalière artiste aux nécessités du métier ; c'est là qu'elle revêt les somptueux costumes de ses rôles, devant une immense glace qui occupe tout le panneau.

C'est là aussi que la loge a son caractère le plus intime, tandis que tout le reste ressemble quelque peu à un salon de réception.

Debout devant le miroir, Mademoiselle Richard, rapidement, fait ses changements, tandis que le canapé et les fauteuils rapprochés complètent comme un petit cercle pour les amis.

C'est là que l'on cause, que l'on rit, que l'on fait des mots, que l'on raconte les anecdotes piquantes que Paris laisse pénétrer dans les coulisses, ou que les coulisses servent en pâture à Paris.

LOGE DE MADEMOISELLE RICHARD

L'artiste, qui a très bon caractère et ne se fâche que contre les habilleuses maladroites et les épingles malapprises, n'est jamais de mauvaise humeur, si bien que dans ce petit cercle on s'amuse presque toujours. On s'y amuse même souvent avec tant de complaisance qu'on en oublie les entrées et que l'avertisseur est obligé de redoubler son carillon pour que l'artiste arrive à temps pour sa réplique.

Elle raconte si bien des histoires si drôles !...

Chaque soir de représentation amène son anecdote, toujours piquante, quelquefois aiguë. Et les camarades de l'artiste entendant qu'on rit chez elle, se faufilent mystérieusement dans la loge, si bien qu'on est tout surpris de se trouver douze, alors qu'on se croyait quatre.

Mais on ne se jalouse pas à l'Académie nationale de musique et de danse, et les partenaires de Mademoiselle Richard sont toujours les bienvenus chez elle.

A chaque entr'acte, on fraternise. Amnéris, dans sa parure de reine, va tendre la main à sa rivale, l'esclave Aïda ; et Rhadamès, l'ennemi déclaré de la souveraine, vient lui faire mille compliments...

Tout à coup, une roulade savante monte à travers les couloirs des loges, égrenant des perles sonores à chaque étage. C'est Mademoiselle Richard qui se « fait » la voix.

L'avertisseur crie « En scène ! » et la conversation joyeuse continue derrière la toile, dans le labyrinthe des décors et des accessoires.

Renée Richard fit ses débuts sous Halanzier — rôle de la *Favorite* (octobre 1877).

Née le 12 mars 1858, à Cherbourg, elle était entrée en 1874 au Conservatoire. Trois ans plus tard, elle avait obtenu les premiers prix de chant et d'opéra, et, tout de suite, le prédécesseur de Vaucorbeil, séduit par son talent déjà accompli, sa voix sonore, son extérieur très scénique, l'avait engagée.

Toute la critique assista à son début au théâtre.

Sarcey, charmé sans doute par la grâce et la beauté de la jeune artiste autant que par sa voix merveilleuse, déclara sans restrictions, dans son feuilleton du *Temps*, qu'Halanzier avait enfin fait un heureux choix, et qu'une deuxième Stolz nous était née. Auguste Vitu s'écria émerveillé :

« L'artiste possède une voix chaude, vibrante, d'un

« charme exquis dans les notes tendres, et si puissante
« dans les notes graves, qu'elle vous transporte, vous
« grise, vous émeut, et vous fait frissonner tout à la fois. »

Lapommeraye protesta que jamais, depuis qu'il en-
tendait la *Favorite*, il ne
l'avait écoutée avec un
plus grand plaisir. Made-
moiselle Richard chantait
et jouait à ravir le rôle si
touchant de Léonor. Et
Georges Boyer, l'heureux
mortel, eut la bonne for-
tune de porter la traîne de
la robe rose de la *Favorite*,
tout en tâchant de lui
donner un peu de courage,
car la débutante avait un
trac énorme!

Cela ne surprendra personne, pour un soir de début.
Mais, et c'est là un de ses traits caractéristiques, l'artiste
est restée traqueuse dans l'âme, et aujourd'hui encore
après dix ans de scène, elle a des émotions épouvan-
tables. Le public, heureusement, ne peut s'en apercevoir.

— Ainsi, disait-elle l'autre jour, j'ai chanté dernièrement la *Favorite* avec un ténor qui débutait ; il ne
plaisait pas, je sentais cela à la froideur avec laquelle on
l'écoutait, aux applaudissements clairsemés, à la mine
ennuyée des spectateurs, à tout enfin !... La soirée n'a
été pour moi qu'une longue angoisse ; j'attendais le
coup de sifflet ! je le sentais m'entrer dans les oreilles
comme une vrille, il allait éclater, et la peur me rendait verte... si bien qu'avant le quatrième acte, quand
mes amis vinrent me serrer la main, un d'eux s'écria :
« Mais qu'avez-vous donc? vous êtes glacée! » Je l'avoue,
jamais je ne suis tombée au pied de la croix avec plus
de naturel ; et j'ai dit le fameux : « j'ai froid ! » pour
de bon, car je claquais des dents ! Pourtant le duo de la
fin se passa sans encombre, mais comme il me parut long!
et quand je fus revenue dans ma loge, j'eus à peine la
force de me traîner sur un divan pour m'évanouir tout à
mon aise. Je ne craignais pas pour moi, pourtant ; j'ai
chanté Léonor plus de cent cinquante fois ! mais, l'angoisse que me causent les débuts d'un camarade doit
vous faire pressentir ma terreur, quand j'aborde un rôle
nouveau.

Mademoiselle Richard a chanté la *Reine de Chypre*, la
Reine, d'*Hamlet*, Fidès, du *Prophète*, que l'Opéra reprit cet

été, avec un grand succès, Amnéris, d'*Aïda*, où elle est parfaite, surtout dans le fameux duo :

Dis-moi quelle tristesse...

Ses créations sont nombreuses ; chacune, on peut le dire sans exagération, a été un triomphe pour elle. Après Ascanio, de *Françoise de Rimini*, ce fut Anne de Boleyn, dans *Henri VIII*, où, tour à tour passionnée, impérieuse, tendre, séduisante, elle se montra inimitable. Viennent ensuite, la belle courtisane Glycère, de *Sapho*, Madeleine, de *Rigoletto*, et Uta, la farouche sorcière de *Sigurd*.

L'étoile possède une voix de contralto splendide qui lui permet de chanter les soprani.

On se souvient de son succès dans l'*Africaine* avec Gayarré.

Mademoiselle Richard est une des rares artistes dont la carrière soit, en peu d'années, aussi remplie de grands succès.

Au théâtre, aux concerts du Conservatoire où elle a interprété les œuvres des anciens maîtres, dans les soirées du monde, qui se la dispute, partout, elle a conquis la critique et le public par son talent.

En Mademoiselle Richard, les qualités de la femme

sont aussi exquises que celles de la cantatrice sont
brillantes. Elle a de la constance, de la bonté, de la
reconnaissance. Elle a voué à l'Opéra, qui vit ses premiers succès, un véritable attachement, bien résolue qu'elle

est à ne jamais le quitter et à y
prendre sa retraite comme elle
y a débuté.

Mademoiselle Richard a l'ado-
ration et le respect de cette scène
où, malgré son trac invincible,
elle a goûté ses plus heureuses
émotions; et jamais, à moins
qu'il ne s'agisse de quelque œuvre
charitable, elle n'a consenti à
affronter le feu d'une autre rampe.

Au lieu de doubler ses appointements, en consacrant ses deux
mois de congé annuel à des
tournées plus fatigantes et aléatoires que fructueuses,
elle préfère en profiter, d'abord pour chercher le repos au
bord de la mer, puis pour goûter tout à son aise les
plaisirs de la famille et de la campagne auprès de ses
parents et de ses neveux, qui habitent toute l'année sa
charmante propriété de Vaucresson.

On se souvient du bruit que fit, il y a quelques années, l'internement de son frère dans une maison de santé.

Aussitôt qu'elle apprit la triste nouvelle, l'étoile fit tant de pas, tant de démarches, se donna tant de mal, enfin, qu'elle parvint à rendre son frère à la liberté. Elle l'installa à Vaucresson, l'entoura de soins, d'affection, de dévouement, et c'est à sa sœur que le pauvre Raoul Didier doit d'avoir eu une mort tranquille.

Depuis, Mademoiselle Richard a pris auprès d'elle ses petits neveux, qu'elle élève avec des soins maternels, et qu'elle adore et gâte à souhait.

Son grand bonheur, à Vaucresson, est de jouer à la fermière.

En robe courte, ses beaux bras nus, un tablier plein de graines noué à la ceinture, elle passe des heures dans la basse-cour, à donner à manger aux poules, poulets, canards, pigeons, pintades, etc., qui la peuplent.

Et il faut voir comme la gent ailée accourt !

Les appointements de l'artiste sont actuellement de 55.000 francs.

Quand MM. Ritt et Gailhard prirent la direction de l'Académie Nationale de musique, ils réduisirent d'un tiers, comme l'on sait, le traitement des artistes.

Sous Vaucorbeil, Mademoiselle Richard avait 70.000 fr. Elle accepta cette diminution malgré les offres brillantes qui lui furent faites de tous côtés, bien résolue qu'elle était de demeurer fidèle à l'Opéra.

Elle en fut récompensée par la sympathie de ses camarades, de ses directeurs, et le redoublement de bravos enthousiastes des abonnés de l'Opéra. Et certes, c'est justice, car les directeurs n'ont point, parmi leur personnel, d'artiste plus consciencieuse, plus docile, plus exacte, que Mademoiselle Richard.

*

* *

L'hiver, Mademoiselle Richard reçoit et va dans le monde.

Pas de belle soirée sans son concours. Et elle retrouve là les applaudissements du théâtre.

La duchesse d'Uzès, la baronne Alphonse de Rotschild, la duchesse de La Rochefoucauld ne manquent jamais, comme *great attraction*, de porter Mademoiselle Richard au programme de leurs réceptions.

L'artiste, d'ailleurs, se prodigue dans les fêtes de bienfaisance. Elle est douée d'une santé très florissante et ne s'en cache pas, comme tant d'autres; si bien qu'on ne se rappelle pas qu'elle ait refusé son concours à une œuvre charitable ou pour soulager une misère quelconque.

Avant la catastrophe de l'Opéra-Comique qui a si fort affecté l'étoile, un statisticien compta que Mademoiselle Richard avait prêté l'attrait de sa voix à trente-neuf fêtes de charité. Avec la soirée de la duchesse d'Uzès et celle de Mme Floquet, cela fait quarante et un billets de mille francs qu'elle a donnés aux pauvres.

Ses réceptions ont lieu tous les jeudis de quatre à sept heures dans son appartement de la rue Condorcet. Et son salon, où, comme dans sa loge, se donne rendez-vous le Tout-Paris artistique et mondain, est une merveille de bon goût.

Un grand piano à queue d'Erard, y tient naturellement la place d'honneur; il est recouvert d'une étoffe ancienne, velours rouge brodé d'or, comme seuls les Vénitiens et les Génois en surent tisser. Cette note rouge est la note même de l'ameublement, et se retrouve

autour des fenêtres drapées de satin rouge, et au centre
du salon où un divan circulaire est surmonté du beau
bronze de Delaplanche : la *Musique*.

Aux angles, les plantes rares fondent leurs verdures
sombres dans le rouge foncé des tentures; et les œuvres
d'art, les tableaux de prix, ressortent en clair sur les
murs.

Un buste de terre cuite occupe l'une des encoignures ;
c'est l'œuvre très remarquable d'une femme du monde
qui, dit-on, l'a offerte à l'artiste en témoignage d'une
admiration extrême doublée d'une très vive amitié. Mais
le sculpteur a gardé l'anonyme et Mademoiselle Richard
est la discrétion même.

Près du piano brille le portrait de la maîtresse de la
maison, par Émile Lévy, qui fut au Salon de 1886.
L'artiste y est représentée en toilette de bal vert mousse,
les bras pendants, la tête un peu levée et souriante.

Puis, les *Bacchantes,* de Clodion, le *Chanteur Florentin,*
de Paul Dubois, la *Sapho,* de Clésinger, l'*Arlequin,* de
Saint-Marceaux ; nombre d'autres.

Entre les fenêtres, un merveilleux meuble de Chine,
une dentelle tout incrustée de nacre et d'ivoire, supporte, de sa fragilité, un monde de bibelots, tandis
qu'en une chaise à porteurs s'entassent, comme des ex-

voto, les hommages de l'admiration et de la reconnaissance : au premier rang, douillettement couchée
dans son écrin de soie, une magnifique couronne en
or massif, composée de feuilles de chêne et de laurier,
est le don de Cherbourg, la ville natale de Mademoiselle
Richard. C'est dans ce salon, tout plein
d'objets de prix si nombreux qu'il faudrait un catalogue pour les rappeler tous,
que l'étoile reçoit ses amis.

La causerie est vive, animée, spirituelle.

Souvent, à ses jeudis, il y a des
séances de musique : on entend des
fragments d'œuvres nouvelles ; on écoute
de jeunes chanteuses se destinant au
théâtre et que l'artiste protège.

Son salon eut la primeur du *Pê-
cheur de Perles,* de M. Bemberg, qui obtint ensuite un
vif succès à la soirée organisée par la duchesse d'Uzès au
bénéfice des victimes de l'Opéra-Comique. *Persévérance
d'Amour,* du marquis d'Ivry, fut chanté pour la première
fois chez elle. Et l'on parle en ce moment d'une future
cantatrice destinée à révolutionner Paris et dont elle est
la marraine artistique.

Mademoiselle Richard n'a pas pour charmer que son talent accompli et sa beauté opulente. Elle a, en outre, de l'esprit, beaucoup d'esprit, fin, agréable, frappé au bon coin, caustique à propos. Et ses plus piquantes épigrammes, elle les réserve aux amoureux, Pauvres amoureux !... Elle les éconduit avec tant de grâce qu'ils deviennent tous ses meilleurs amis, — mais s'en consolent-ils ? s'en consoleront-ils jamais ?

Elle affirme ne pouvoir prendre une déclaration au sérieux.

C'est dommage !

Mademoiselle Richard, il est vrai, n'est pas que caustique, elle est surtout charmeuse.

Et elle a des traits de caractère d'une saveur tout originale.

C'est ainsi qu'elle ne peut souffrir les pendules. Et, ni chez elle, ni dans sa loge, on ne saurait trouver le moindre appareil servant à marquer l'heure.

Heureusement qu'en sa compagnie ses hôtes ne songent nullement à la marche du temps.

Madame Caroline Salla-Uhring

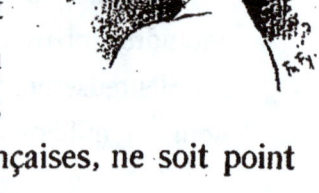

EPUIS une année à peu près, l'illustre créatrice de *Françoise de Rimini* a quitté le théâtre. Mais cette éclipse d'une étoile du chant ne sera, ne peut être que passagère. Madame Salla est trop artiste, trop amoureuse de son art pour renoncer à continuer sa carrière.

Dernièrement même, il était question dans le *Figaro* de son engagement prochain à l'Opéra. Auguste Vitu s'étonnait avec raison qu'une des premières, parmi nos cantatrices françaises, ne soit point à l'Opéra, sa véritable, sa seule place.

Et je crois pouvoir assurer que le souhait de l'éminent critique se réalisera avant peu.

En France, les belles voix de femmes sont rares; à

l'heure actuelle, quelles sont les cantatrices célèbres françaises?

Madame Salla, Mme Caron, Mme Isaac, Mme Richard,
Mme Deschamps.

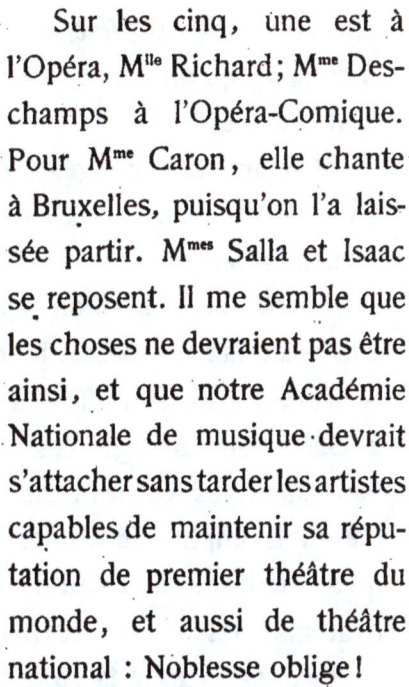

Sur les cinq, une est à
l'Opéra, Mlle Richard; Mme Deschamps à l'Opéra-Comique.
Pour Mme Caron, elle chante
à Bruxelles, puisqu'on l'a laissée partir. Mmes Salla et Isaac
se reposent. Il me semble que
les choses ne devraient pas être
ainsi, et que notre Académie
Nationale de musique devrait
s'attacher sans tarder les artistes
capables de maintenir sa réputation de premier théâtre du
monde, et aussi de théâtre
national : Noblesse oblige!

C'est en 1881 que Madame Salla fit cette belle création de *Françoise de Rimini*. Ce fut un beau tapage le lendemain dans la presse. Une soirée avait suffi pour porter
à des sommets vertigineux la jeune artiste, du jour au lendemain étoile de première grandeur.

Mais elle se maria presque tout de suite, et, trente jours juste après son mariage, quitta l'Opéra.

Après une disparition de plusieurs mois, Madame Salla fit une superbe rentrée à l'Opéra-Comique; cette fois, elle créa *Maître Ambrose*. Puis vinrent *Proserpine*, la *Traviata*, qu'on reprit pour elle, et tant d'autres.

Pendant ses congés, Madame Salla allait chanter en Russie, ou bien à Milan.

Avant son apparition à l'Opéra, elle avait fait les beaux jours de la Scala de Milan, et du Théâtre-Italien à Saint-Pétersbourg. Les Milanais l'adoraient, les Russes l'eussent portée en triomphe. Et toutes les fois qu'apparaît de nouveau l'enfant prodigue, ce sont des ovations, des accès d'enthousiasme à n'en plus finir.

Madame Salla a fait presque toute sa carrière en italien, elle a chanté tous les rôles du répertoire dans cette langue, qu'elle adore.

Elle demeura à l'Opéra-Comique jusqu'à l'incendie, et chanta ensuite, près d'un an, place du Châtelet. Elle regrette beaucoup la salle Favart et la direction Carvalho.

M. Carvalho était, paraît-il, le plus charmant des directeurs, et s'il était resté à l'Opéra-Comique, jamais
Madame Salla n'eût quitté ce théâtre.

*

*   *

Longtemps la cantatrice a hésité ; il y avait deux
camps autour d'elle : celui de son mari et le sien.

Le sien, qui lui conseille hautement de se tenir au
théâtre auquel elle se doit.

Celui de son mari, qui souhaiterait la voir ne pas
quitter la vie privée.

Or, Madame Salla adore son mari, et c'est une raison
grave pour la rendre perplexe.

Maintenant la lutte est finie.

Décidément la cantatrice chantera de nouveau. On a
fait comprendre au ménage quelle différence existe entre
le grand art, l'art vrai, l'art sincère, et cette variété fre-
latée qu'on appelle le cabotinage.

Madame Salla-Uhring pourra se faire acclamer le soir
à l'Opéra, transporter une salle par la magie de sa voix

charmeresse, et le jour, être la parfaite femme du monde que l'on connaît.

Les aristocratiques mains qui l'applaudiront, seront fières, à ses *five o'clock tea*, de serrer celles de la grande artiste.

Sait-on que le nom de Salla, adopté par la cantatrice, n'est qu'un pseudonyme qui cache Mlle de Septavaux, la petite-fille de cet héroïque comte de Bourbonne, colonel de gendarmerie sous Louis XVI, qui périt sur l'échafaud avec sa femme et sa belle-sœur?

Elle a dans les veines du sang d'Alfred de Musset.

Ce sang, qui semble dormir en elle, a parfois des révoltes et monte au cerveau.

Son allure prend alors je ne sais quoi de noble et de magistral, qu'on prend pour de la raideur, et qui n'est que l'explosion de la race.

Madame Salla est toute jeune, trente ans à peine, elle a une beauté fine de blonde, des yeux superbes et des cheveux dorés, retenus simplement à la nuque par un peigne d'écaille.

Elle a beaucoup minci depuis un an, et ce serait bien aujourd'hui l'idéale Marguerite de *Faust*, physiquement et vocalement.

C'est le mercredi que Madame Salla reçoit dans son appartement de la rue La Boétie.

L'été elle habite sa jolie villa de Maisons-Laffitte, et le dessin ci-joint est celui de son salon à la campagne.

Celui de Paris est une merveille, et pour faire comme il conviendrait la description de son appartement, il faudrait la plume étincelante du maître Banville; les ors, les perles, les diamants et les pierreries, dont est fait son style enchanté.

Les portières de velours de Gênes, les tentures chatoyantes, drapent majestueusement portes et fenêtres, le décor vert des palmiers gigantesques abrite des bronzes rares, des marbres veinés de rose comme la chair neigeuse des nymphes.

Les sièges de satin rose pâle broché sont moelleux et profonds, des coussins aux broderies féeriques s'empilent

LE SALON CHEZ MADAME SALLA

sur les divans ; de très anciennes lampes de bronze de Chine,
aux ciselures fantastiques, sont placées sur d'énormes
colonnes, à droite et à gauche de la haute cheminée

enveloppée de satins, de peluches, et sur laquelle une
pendule Louis XV, rarissime, occupe la place d'honneur.

Un grand tableau, haut de trois mètres, tient tout
un panneau du petit salon. C'est le portrait de la maîtresse du logis, par Collas ; il a été au Salon de 1881.

Mais la merveille des merveilles est certainement la chambre à coucher. C'est une reproduction étonnante de la chambre Louis XV.

Les meubles sont authentiques, seules les tentures sont modernes.

Le lit, debout avec ses cuivres superbement ornés, s'avance dans la pièce, majestueusement enveloppé de satin vieux bleu et vieux rose, qui tombe du haut du plafond. Devant le lit deux fauteuils.

A droite, la commode surmontée, entre autres choses, d'un immense cadre en peluche formant paravent, sur lequel sont appliquées de nombreuses photographies. En face de la commode, une vaste armoire au ventre rebondi, aux cuivres brillants, à l'allure débonnaire.

Entre les deux fenêtres, le secrétaire avec ses candélabres ornés de cires parfumées. Et, sur la cheminée toute de peluche vieux rose, un marbre de Canova : *les trois Grâces.*

Je puis bien dire quels sont les principaux meubles qui garnissent cette chambre, mais ce qui m'est impossible, c'est de rendre la majesté somptueuse de cette chambre, que plus d'une duchesse envierait.

Derrière le cabinet de toilette, Madame Salla a fait installer un grand cabinet boudoir, à la mode russe.

Les murs sont tendus de toile grise avec bordures de broderies russes. Les armoires sont russes, les sièges russes, tout est couleur locale, jusqu'à l'icone d'or, accroché dans l'angle de la pièce, jusqu'à la nappe qui recouvre la table sur laquelle sont alignés les innombrables ustensiles d'écaille et d'argent, nécessaires à toute femme élégante pour faire sa toilette.

*

*   *

Madame Salla est gracieuse au possible, elle reçoit d'une façon charmante, et c'est un plaisir que de causer avec elle en tête-à-tête.

Ses réceptions sont très courues, le faubourg Saint-Germain y coudoie sans façon le monde artistique.

Le jour de Madame Salla est le mercredi.

Pendant l'hiver elle donne des soirées qui sont charmantes. Mais elle préfère à l'apparat auquel son rang dans le monde l'oblige, les réceptions privées, auxquelles sont conviés quelques amis seulement.

Dans cette intimité c'est charmant de causer de tout et de tous, de s'entretenir des choses du jour, ou d'entamer quelque bonne discussion artistique.

Car, chez elle, toutes les branches de l'art sont accueillies à bras ouverts dans la personne de leurs notabilités. Madame Salla s'intéresse aux lettres, à la peinture, à la sculpture, et elle n'est pas moins entendue, son goût n'est pas moins sûr pour ces choses que pour la musique, sa passion.

Elle adore Ambroise Thomas, mais elle aime beaucoup Saint-Saëns, et trouve du génie à Massenet.

Je ne puis dire que ce que j'ai entendu, Madame Salla est très fine et je n'ai jamais pu lui faire avouer ses préférences pour tel ou tel compositeur.

Par exemple, ce dont je suis sûr, c'est des acclamations qui salueront sa rentrée à l'Opéra.

MADAME JEANNE SAMARY

E rire de Samary !... Voilà une chose qui est devenue véritablement lé-gendaire.

Que ce rire éclate, un soir de pre-mière, au milieu d'un acte froidement accueilli, et le public, si prévenu soit-il par l'ennui déjà éprouvé, ne peut y tenir. Il faut qu'il se mette à l'unis-son. La glace est rompue. La pièce est écoutée avec plus de sympathie ; la mauvaise impression première est détruite, et l'auteur n'a plus, en galant homme digne du dix-huitième siècle, qu'à déposer à la fin de la soirée, un reconnaissant baiser sur la blanche main de Madame Samary.

Le rire de Samary !... Un rire cristallin, perlé, communicatif qui, joint à beaucoup de talent, a suffi, non seulement à lui tailler en quelques années une jolie place à la Comédie-Française, où elle ne fait regretter aucune de ses devancières, même des plus illustres, mais encore à faire connaître et apprécier, grâce à elle, toute une famille, sœurs et frère, également vouée au théâtre.

C'est là un bel exemple de solidarité qui, je dois le dire, est assez fréquent dans le monde dramatique.

Madame Samary a, d'ailleurs, le sentiment de la famille poussé à un degré tout à fait particulier, et je me demande vraiment pourquoi on a persisté à lui donner son nom de jeune fille, au lieu de l'appeler seulement Madame Lagarde, tant, depuis son mariage, elle a su se faire, dans ce milieu théâtral sur lequel le public a des préjugés si faux et si calomniateurs, une réputation de bon aloi, que personne n'essaie de ternir.

Oh ! sans rien perdre de sa gaîté, de ses allures vives, gracieuses et charmantes, ni de son babil spirituel et intarissable.

Mais elle a un mari, elle a des enfants. Et, hors de son théâtre, elle ne songe qu'à eux.

On lui demandait, un jour, pourquoi on ne la rencontrait jamais dans « le monde ».

Elle éclata de rire, d'abord, et répondit ensuite :

— Parce que j'ai, là-dessus, des idées fort arrêtées. De deux choses l'une : ou j'irais seule, et il ne manquerait pas de bonnes langues pour faire là-dessus des cancans à n'en plus finir, sans compter les fats qui s'autoriseraient de ma qualité d'actrice, pour me poursuivre de propositions peu honnêtes et me traiteraient de « bégueule » en se voyant repoussés; ou j'irais dans le monde avec mon mari, et il ne me plaît  pas de paraître ne pouvoir me passer d'un chaperon. D'ailleurs, j'aime mes enfants; c'est mon monde à moi, je puis bien le dire, et je m'amuse plus à les dorloter et à les voir jouer, qu'à m'entendre cajoler pour que je récite un monologue.

Voilà qui est net comme une profession de foi politique, et mille fois plus sincère, car Madame Samary ne ment jamais à son programme.

Au contraire! Il est bien rare, les soirs où elle joue, qu'elle n'ait pas à conter à ses camarades quelque bonne histoire dont ses enfants sont les héros, et dont elle rit de tout son cœur.

— Imaginez-vous que Bébé a fait aujourd'hui la chose la plus drôle que j'aie jamais vue.

Et le petit drame ou la petite comédie qu'elle raconte, obtiennent toujours un vif succès.

Famille oblige...

*

* *

La description de sa loge sera bien vivement faite.

En cette matière, Madame Samary est peut-être un peu négligente, mais la vérité est qu'elle n'a pas le temps de s'occuper de ça, et qu'en somme elle ne passe dans sa loge que juste les moments qu'il lui faut pour s'apprêter.

Or, parmi les artistes, elle est une de celles qui s'habillent vite — notez qu'en matière de toilette féminine

LOGE DE MADAME SAMARY.

la vitesse est chose tout à fait relative — et par conséquent, elle n'avait guère de raisons de se mettre en frais
pour décorer une pièce où elle ne se tient jamais que
par nécessité.

C'est ce qu'elle a fait.

Un peu à la diable, dans un désordre pittoresque et
qui encadre bien sa mutine personne, elle a mis dans
sa loge quelques échantillons de tous les rien-du-tout
qui composent l'orientalisme sans prétention.

— C'est un fouillis, chez moi, un vrai fouillis ! dit-
elle parfois.

Elle exagère un peu.

L'aspect général est très gai, — comme elle; et elle a, en somme, une note originale parmi les arrangements un peu toujours les mêmes, des loges voisines.

Il y a du haut en bas, aux fenêtres, aux portes, aux murs, des tentures algériennes, rouges et bleues, aux arabesques bizarres, aux couleurs vives.

Les sièges sont de même provenance.

La toilette est disposée le long du mur, sur la droite de la porte, reproduisant ainsi la disposition générale de la loge de Mme Baretta. Cette toilette est surtout couverte de choses utiles.

Quant aux ornements, ils consistent exclusivement en éventails, écrans, masques, bibelots japonais, chinois, indiens, asiatiques et... parisiens, accrochés aux murs, jetés çà et là dans un pêle-mêle amusant, et qui emprunte certain charme à l'absence absolue d'apprêt.

Je n'ai pas à vous citer les habitués de la loge:

Madame Samary ne reçoit guère qu'au foyer. Vous n'attendez pas non plus que je vous décrive son appartement. On ne met pas le pied dans le logis de gens mariés, et quand même je serais en mesure de satisfaire votre curiosité, vous qualifieriez ma complaisance d'indiscrétion, et ne m'en sauriez aucun gré.

Je n'apprendrai rien de nouveau à personne en disant que Jeanne Samary est entrée au Théâtre-Français à la faveur d'un premier prix de Comédie vaillamment conquis au Conservatoire.

Cela lui coûta trois ans de concours, mais elle y parvint enfin.

En 1873, elle n'eut qu'un accessit ;

En 1874, elle fut obligée de se contenter de la moitié d'un second prix, l'autre étant dévolu à Réjane ;

En 1875 seulement, mais haut la main, elle décrocha la timbale.

Il était temps, elle commençait à ne plus rire aussi allègrement...

Depuis, elle a repris toute son insouciance, et elle est montée à l'assaut du succès sans s'y prendre à trois fois.

Les vieillards qui ont connu Augustine Brohan, et dont le palais blasé ne peut plus être chatouillé que par le

souvenir, font bien encore des petites mines de regret, en rappelant leur idole.

Mais tous les jeunes sont d'accord pour déclarer qu'il est possible qu'Augustine Brohan fût autre, mais non « meilleure » que Samary.

Vit-on jamais soubrette plus accorte, plus franchement contente de son sort, et d'avoir la langue bien pendue, et de pouvoir dire des vérités à ses maîtres ?...

Madame Samary ne joue pas Nicole, Dorine, ou Toinette, elle les incarne, et Molière serait bien incapable de dire, en la voyant, si elle est son interprète ou son modèle.

Quant au répertoire moderne, elle n'y a pas moins de succès, et elle a failli faire changer le titre du *Monde où l'on s'ennuie*.

Vous rappelez-vous la *Femme de Socrate ?*... Vous expliquez-vous que le philosophe osât se plaindre ?

Il est vrai que les Grecs ne savaient pas apprécier à sa valeur la situation de mari d'étoile.

Madame Samary, inutile de le dire, adore son théâtre.

Un fait le montre plus que suf-fisamment :

L'été, elle va à la mer, à Trouville. Mais elle ne prend pas, pour cela, de congé. Chaque fois qu'on joue une pièce où on a besoin d'elle, elle prend le train, débarque à Paris pour dîner sur le pouce, court au théâtre, remporte un triomphe, roule encore en wagon toute la nuit, et se montre le lendemain sur la plage, fraîche, reposée, rieuse.

Il est vrai qu'elle n'a pas perdu les entr'actes.

Sitôt le rideau baissé, elle revient au foyer, ou plutôt

dans les couloirs, s'assoit sur une banquette et tient sa
cour.

Les rares amis qui sont là par les temps de chaleur
se font reconnaître — elle est très myope et ne quitte
pas sa face à main, — et puis on cause, on cause, on
cause — c'est son péché mignon, — et si quelque bonne
histoire, quelque répartie amusante la met en gaieté, son
rire éclate, sonore, remplissant toutes les coulisses.

On se demande ce que ferait la Comédie sans le rire
de Samary.

MADAME SARAH BERNHARDT

E petit hôtel du boulevard Pereire est fermé; sa ceinture d'arbres dépouillés, ses volets clos lui donnent un air triste, qui va bientôt se changer en air de fête.

Dans quelques jours, Sarah revient.

Je dois à la complaisance de Louise Abbéma, le peintre célèbre et l'amie intime de la maîtresse du logis, d'avoir pu visiter la demeure de la plus grande artiste du siècle.

Est-ce la tente luxueuse, exotique, bizarre d'une reine des pays lointains?

Est-ce l'atelier pittoresque, fantaisiste d'une artiste hors pair?

Est-ce le boudoir moderne, intime, coquet, troublant, d'une Parisienne?

C'est un peu tout cela.

Cette femme tout nerfs, tout caprice, tout fantaisie, ne pouvait pas, ne devait pas avoir les mêmes goûts qu'une femme ordinaire.

Sa beauté est étrange, enveloppante, bizarre, il lui

faut un cadre qui s'harmonise avec cette beauté; puis n'a-t-elle pas rapporté de ses féeriques voyages mille trophées de tous les pays?

Sur les murs tendus d'andrinople, sont pendus des armes indiennes, des chapeaux mexicains, des ombrelles de plumes du Chili.

De tous côtés, s'étalent les chimères japonaises, les foukousas brochées de monstres en or, les tentures de soie brodées d'arabesques fantastiques, les vieux ivoires ajourés, les armes damasquinées, les meubles de la Chine aux ciselures faites par quelque artiste patient et génial. Sous un dais retenu par des hampes de velours à chapiteaux de guivres en bronze tourmenté, un immense divan s'abrite. Il est recouvert entièrement, d'abord d'un véritable lit de coussins, puis d'une multitude de fourrures : peaux d'ours, de castors, de caïmans, de tigres, de lions; on dirait les dépouilles d'une guerrière et non le lit de repos, sur lequel, de préférence, s'allonge paresseusement Sarah.

Elle aime enfouir sa tête blonde dans ces toisons, humer l'odeur de fauve qui s'en échappe; c'est pour elle une délicieuse griserie.

Sur un haut pupitre de bois sculpté, un missel ancien reflète sa reliure de cuir gaufré dans la grande glace du

23

milieu, et, ainsi que des pendeloques, les sceaux de cire alourdissent les signets de vieille soie moirée.

Tout près, est placé un curieux fauteuil arabe, derrière lequel s'érigent les feuilles dentelées d'un palmier géant. Quand Sarah s'y assied, avec à ses pieds son danois Osman, elle ressemble à quelque idole aux yeux profonds, que des fidèles prosternés adorent les mains jointes.

Cela c'est l'atelier, avec ses ébauches, ses selles de bois; trois pièces en enfilade lui font suite. Le petit salon tout intime, plein de souvenirs : un marbre de Sarah, le buste de Maurice Bernhardt, par Mathieu-Meusnier, et puis, parmi les cadres, les fleurs peintes par la Tosca, une pochade de Stevens et un merveilleux émail japonais. Il représente un jeune homme à longue barbe, la figure auréolée de flammes, marchant à travers les rochers, et, dans les nuages, autour de lui, des figures éthérées de femmes, les victimes d'amour de ce don Juan barbare.

Trois marches gardées par des monstres conduisent du petit salon à l'atelier. La cheminée est à leur droite, et c'est tout d'abord, au-dessus, le portrait de Sarah par Clairin, qui vous accueille d'un sourire.

Les crédences, les poteries, les bijoux, les vitrines pleines de livres, les chevalets, encombrent la pièce immense, fermée de l'autre côté par un amusant store japonais aux lamelles de joncs ornées de perles, et qui fait, quand on passe, un susurrement de castagnettes à peine agitées.

Ce store sépare l'atelier de la salle à manger dont les murs sont peints par Abbéma, Clairin, Duez, Escalier, Butin.

Le lustre énorme en fer forgé, garni de cires jaunes et rouges, surmonte la grande table encombrée, comme les dessous, d'argenteries de tous les pays et de tous les styles, ciboires, coupes, hanaps, services de vermeil, plats d'argent massif, verres de Venise, tasses de Sèvres vieux, et j'en oublie !

C'est un butin précieux et considérable rapporté par une reine de ses voyages triomphants.

*

* *

Aucune existence n'est comparable à celle de la grande artiste.

Une seule de ses aventures suffirait pour remplir la vie d'une personne ordinaire, et elle en est arrivée, cela se conçoit, à un tel degré de scepticisme que maintenant rien ne l'étonne plus.

Je parle en ce qui concerne les aventures de voyage en pays lointain, et toutes les bizarreries, toutes les invraisemblances qui en sont la conséquence forcée.

Rien qu'à ce point de vue, les *Mémoires* que Sarah prépare seraient des plus curieux, car assurément ses voyages sont aussi intéressants que ceux de Jules Verne, le merveilleux mis à part.

Elle a été portée en triomphe, traînée dans les rues sur un char fleuri, gardée en otage par une population que son talent affolait, elle a reçu des cadeaux princiers, des bijoux de reine, et aussi des présents singuliers:

depuis les terrains immenses qu'on lui a donnés au Texas, jusqu'à la tigrette qu'elle rapporta l'an dernier de sa grande tournée.

C'est qu'aussi, jamais femme plus extraordinaire ne remplit l'Univers de son nom, jamais talent pareil ne se fit jour, jamais gloire plus bruyante ne brilla comme une traînée lumineuse autour du globe.

Le nom de Sarah Bernhardt restera dans l'histoire comme un étonnement et une curiosité.

Jamais femme ne fut plus femme, c'est-à-dire plus féline, plus onduleuse, plus troublante, jamais la magie d'un regard ne fut plus ensorceleuse, la caresse d'un sourire plus affolante. Jamais sur un corps plus souple, tête plus adorable ne se posa.

Et jamais aussi, depuis que l'art dramatique est en honneur, on ne vit artiste plus étonnante, plus étrange.

Là où les autres ont un joli succès, elle excite le délire, les Parisiens l'adorent, elle est leur enfant gâtée ; partout où elle passe, on l'acclame, on l'encense, on la fête.

Elle a ses fanatiques, non seulement en Amérique où

les têtes s'échauffent plus facilement, et où les enthou-
siasmes sont irraisonnés, mais elle en a à Paris, et je
ne parle pas seulement de ceux qui dans la salle l'applau-

dissent : j'ai vu un
soir pendant les re-
présentations de la
Tosca, une haie se
former devant la sortie
des artistes, et, au
moment où Sarah
sortait, une femme
du peuple qui portait
un enfant dans ses
bras s'est approchée,
s'est mise à genoux,
et, dévotement, a
baisé le bas de sa
robe... L'artiste était
émue à en pleurer.
On l'a surnom-
mée : Sarah la charmeuse, et ce nom, elle le mérite en
tous points. Il semble que dans les endroits où elle est,
règne une atmosphère spéciale, ainsi dans sa loge tendue
de nattes, avec de grands panneaux de glaces qui reflètent

dix fois son image. On entre, et tout de suite le regard est sollicité par une tête blonde, toute crépelée, qui vous sourit des yeux et de la bouche.

On approche, Sarah est là debout, livrée aux mains de ses habilleuses, entourée d'amis ; elle tend la main, prononce quelques paroles, et l'on est vite hypnotisé, pour ainsi dire, ne voyant, n'entendant qu'elle.

Elle est fraîche, elle est rose, elle est potelée, certainement ! Sur ses bras, sur sa gorge, les veines bleues ombrent la peau semblable à de la neige rosée.

Les cheveux d'or découvrent la nuque ombrée de boucles folles, les longs yeux bleus ont sous les paupières aux cils invraisemblables de longueur un regard pur de vierge.

Elle est irrésistiblement jeune et charmante, l'enchanteresse, et vous voulez tout à l'heure, quand elle entrera en scène, avec d'ondulantes poses, que toute la salle ne se soulève point pour l'acclamer !

*

* *

Sarah Bernhardt est fantasque et capricieuse, qui ne le sait ? Elle a des amitiés ardentes et des haines mortelles, mais on peut être sûre qu'elle n'aime ni ne hait sans motifs.

Le succès est une chose que l'on pardonne difficilement ; pourquoi la grande artiste s'étonne-t-elle encore qu'on l'envie et qu'on lui en veuille de son bonheur !

Elle est bonne, trop bonne, elle donne sans compter, prodigue les bienfaits et crée des ingrats.

Il y a toujours eu, il y aura toujours des reptiles venimeux, prêts à mordre la main qui les a comblés.

Quand la calomnie parlée ne suffit pas, on se livre à la calomnie écrite, au chantage. Sarah a bien tort de dépenser sa rancune contre cette espèce, la plus vile qui soit ; qu'elle regarde du haut de sa gloire les cuisinières travesties en bas-bleu qui essayent de la souiller, qu'elle les méprise et n'en prenne point souci.

Ceux qui accueillent la calomnie ne valent pas mieux que ceux qui la lancent, et ce n'est point ce que pourront dire une douzaine de ratés, qui portera atteinte à la réputation de l'artiste et de la femme.

Sarah Bernhardt possède assez d'amis, des dévoués, des vrais, assez d'admirateurs ; elle est entourée d'assez de

sympathies. On peut essayer de baver sur elle, on ne
l'atteindra pas.

Elle a bien vu qu'on l'aimait tout autant à chacune de
ses rentrées, elle verra bien qu'on l'adore toujours quand
elle reparaîtra aux Variétés dans quelques jours; l'accueil
ne sera pas moins chaud, il le sera peut-être plus que les
fois précédentes.

Quand Sarah nous quitte, on la regrette; quand elle
revient, on est heureux.

C'est l'idole, l'enfant prodigue, l'enfant gâtée, qu'on
revoit toujours avec une joie plus grande.

Et on se la figure mal, cette toujours jeune et toujours
charmante, travestie en belle-maman. Oh! l'exquise capricieuse! elle revient surtout, dit-on, parce que sa belle-fille
Madame Maurice Bernhardt se prépare à la faire grand'-
mère. Et elle veut être présente le jour de cet événement, elle tient à embrasser la première son petit-fils ou
sa petite-fille!

On a de la peine à croire ces choses : Sarah Bernhardt
grand'mère, alors qu'on peut difficilement la supposer
maman, tant elle porte sur son visage la marque triomphale
de la beauté et de la jeunesse éternelle.

On lui donnerait vingt-cinq ans ; c'est à faire penser
qu'elle a retrouvé la recette de l'eau de Jouvence; mais

non, elle est vraiment jeune, ses caprices, ses fantaisies, ses allures, tout l'indique; les années ont passé sans la toucher, respectueuses de tant de beauté, de tant de grâce.

Il faut qu'on l'aime toujours.

Si les applaudissements qui salueront son retour pouvaient lui inspirer la pensée salutaire de ne plus s'en aller!

Madame Simon-Girard

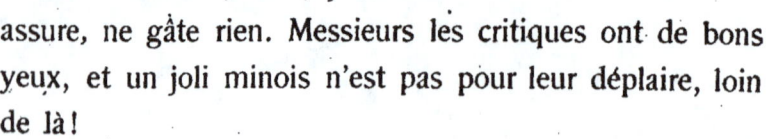

L y a douze ans à peine, — elle en avait seize — la « petite Girard », comme on l'appelait, débutait aux Folies-Dramatiques dans la *Foire Saint-Laurent*, opérette d'Offenbach.

Tout de suite on la jugea fine comédienne et chanteuse de style.

La « petite Girard » était fraîche, mutine, jolie, elle avait le charme triomphant de sa jeunesse florissante ; cela, je vous assure, ne gâte rien. Messieurs les critiques ont de bons yeux, et un joli minois n'est pas pour leur déplaire, loin de là !

D'ailleurs, elle avait de qui tenir, la débutante : sa mère Caroline Girard, la perle des Dugazon, attacha son nom à la plupart des succès du Théâtre Lyrique.

Puis, la jeune fille abordait bravement le théâtre, bien résolue de travailler de toutes ses forces afin « d'arriver ».

Elle n'attendit pas longtemps.

La Serpolette des *Cloches de Corneville* avait un entrain, une verve, une façon de lancer le couplet, qui la mirent tout de suite en relief. Les connaisseurs l'acclamèrent, et aussi le bon public, celui qui n'analyse pas, mais qui applaudit quand on lui plaît et qu'on l'amuse.

A quelque temps de là, la « petite Girard » se maria, elle épousa son camarade Simon-Max, le sympathique créateur de Grenicheux des *Cloches,* si aimé pour sa jolie voix et aussi pour son jeu naturellement comique.

Depuis ce temps, on l'appelle « Madame Simon-Max », mais parfois des erreurs se commettent.

En la voyant si pétillante, si jeune, si gaie, un critique sérieux oublie le mari, et se reprend à la nommer comme autrefois « la petite Girard ». De quelque nom qu'on l'appelle, la charmante artiste n'en fit pas moins, pendant douze ans, la fortune du théâtre des Folies-Dramatiques.

Elle y créa de nombreuses opérettes : la *Princesse des*

Canaries, la *Fille du Tambour-Major*, *Fanfan la Tulipe*, la *Fauvette du Temple*, la *Petite Fronde*, etc.

De temps en temps, le théâtre la prêtait à un direc-

teur en quête d'une étoile. C'est ainsi qu'elle créa le joli rôle de Pierrette dans la *Chatte Blanche* au Châtelet, il y a deux ans.

En Belgique on l'adore. L'an passé, elle y demeura plusieurs mois, et y créa entre autres pièces *Ali-Baba*, et le *Dragon de la Reine* qu'elle chanta ensuite à la Gaîté, avec ce pauvre Berthelier, que la mort enleva si vite.

Dans l'éclatante reprise de la *Fille du Tambour-Major*, dernièrement à la Gaîté, tout Paris n'eut qu'une seule voix pour l'acclamer.

« Elle est fine, elle est alerte, elle est gracieuse, elle est attendrie, elle chante divinement, enfin elle est adorable », dit le lendemain Auguste Vitu.

Pour ma part, je trouve qu'il était impossible de jouer ce rôle avec plus de talent, et je constate avec plaisir que tout le monde est de mon avis.

Cette petite femme, avec ses yeux qui pétillent de malice, son sourire emperlé, son air de bonne santé et de joyeuse humeur, a le don d'épanouir une salle.

On la voit, on est content, on sait qu'on va s'amuser quand elle parlera, et qu'on sera sous le charme dès qu'elle ouvrira la bouche pour chanter. Toute jeune encore — Madame Simon-Girard est la moins âgée de nos divettes, elle a tout au plus vingt-huit ans — la voici arrivée dans la pleine maturité de son talent original et personnel.

Elle n'a plus maintenant qu'à se laisser porter par le courant ; sa barque est solide, point de danger qu'elle chavire, toujours elle s'en ira vers le succès.

Pour deux ans encore, Madame Simon-Girard appartient au théâtre de la Gaîté; il y a quelques jours, elle a dû céder son rôle de la *Fille du Tambour-Major* à Mᵐᵉ Thuillier-Leloir, — ce n'est pas de sa faute, on sait quelle courageuse artiste est la divette et qu'elle ne craint pas de se surmener; seulement elle est aussi mère de famille et, dame ! cela crée des devoirs !

Il y a déjà une petite Pimprenelle qui gambade dans les jupes de sa jeune maman, et je pense qu'avant peu Madame Simon-Girard, craignant pour le baby la solitude, va lui donner une petite sœur ou un petit frère, cela dépend, dit-on à la bambine, comment l'expéditeur d'Amérique aura reçu la commande.

Madame Simon-Girard, alors qu'elle était pensionnaire des Folies-Dramatiques, n'avait qu'une toute petite loge très sommaire, car la place manquait, puis comme elle

partait assez souvent en tournées, elle pensait très justement que ce n'était pas la peine de faire de grands frais
d'installation.

Mais maintenant que la voici à la Gaîté pour deux
ans au moins, la divette va embellir sa loge comme il
convient.

C'est un ménage charmant que le sien, elle adore son
mari, elle est folle de sa fillette ; tout ce petit monde vit
dans la plus étroite intimité.

Dès la porte extérieure de l'appartement qu'habite
Madame Simon-Girard, on sent que les gens qui vivent
derrière cette porte sont de bons époux.

Une plaque de marbre noir porte en lettres dorées le
nom : Simon-Girard ; c'est très familial comme on voit.

La bonne arrive toute souriante, elle vous introduit sans
façons, et pendant qu'elle prévient ses maîtres, vous avez
le temps de donner un coup d'œil rapide au salon.

Il est très simple avec une pointe de coquetterie artistique qui lui donne une note particulière. Il sent « l'habité ».

C'est là qu'on cause, qu'on passe la soirée de temps
en temps près du feu en famille, ça n'est pas guindé, pas
solennel, pas prétentieux ; c'est tout simple et c'est charmant. Le meuble, c'est-à-dire les sièges et les tentures, est
en velours frappé, d'une teinte se rapprochant du bronze.

Deux canapés se font face de chaque côté de la cheminée, devant laquelle une petite table supporte des bibelots, entre autres une jolie guitare ornée de fleurs et de rubans. Un peu partout, au hasard, sont placés des bustes, des statuettes, terre cuite ou bronze. La plupart sont des hommages offerts par les auteurs à leur charmante interprète ; la voici en *Petit Mousquetaire*, en *Serpolette*. A ce propos, disons que le jeune ménage possède quelque part, au bord de la mer, une jolie petite villa enguirlandée de clématite et de vigne vierge, sur la porte de laquelle sont écrits ces mots :

VILLA SERPOLETTE

Madame Simon-Girard et son mari y passent une partie de l'été tous les ans.

Mais j'en reviens au salon.

Les murs sont ornés de tableaux

Il y a d'abord en belle place le portrait en pied de la divette, celui de son mari est accroché modestement un peu plus loin à l'extrémité du panneau.

Puis des fleurs partout, dans les coins, sur les tables, en bouquets, en corbeilles : la maîtresse de céans, comme toutes les femmes d'ailleurs, adore les fleurs et en sème à profusion autour d'elle.

M. Simon-Max bibelote, lui, il court les antiquaires et l'Hôtel des ventes : c'est ainsi qu'il acheta, il y a deux ans, un meuble superbe tout de vieux chêne et de bronze représentant l'entrée d'Attila, roi des Huns, dans la ville de Paris. Ce meuble est unique, paraît-il, et d'une valeur considérable.

Quatre portes s'ouvrent dans ce salon, l'une donne dans l'antichambre, l'autre dans la salle à manger.

Les deux autres se font vis-à-vis, c'est celle du cabinet de M. Simon-Max, et celle de la chambre commune des deux époux.

Avais-je bien raison de dire que tout ici est patriarcal?

La divette, quand on l'interroge sur sa vie artistique, consulte à tout instant son mari.

— A quelle date ai-je créé ce rôle, dis-moi, mon ami?

Et Simon-Max, en époux scrupuleux, répond sans hésitation :

— Tel jour de telle année.

C'est lui qui s'occupe des engagements de sa moitié, qui lit les rôles avant l'acceptation, qui organise les tournées, enfin il est le mari et l'impresario de sa femme.

Il arrange aussi les heures et les jours de répétition. Le lundi généralement, Madame ne répète pas à cause des deux représentations du dimanche ; la divette serait trop fatiguée, et il ne faut pas qu'elle se surmène.

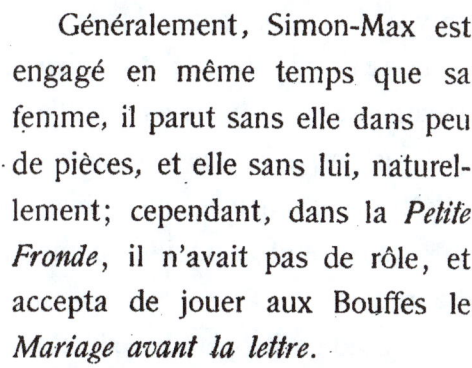

Généralement, Simon-Max est engagé en même temps que sa femme, il parut sans elle dans peu de pièces, et elle sans lui, naturellement ; cependant, dans la *Petite Fronde*, il n'avait pas de rôle, et accepta de jouer aux Bouffes le *Mariage avant la lettre*.

C'était très incommode le soir pour prendre sa femme ; heureusement que dans la pièce des Bouffes il paraissait seulement au commencement du troisième acte ; de la sorte il pouvait arriver à temps aux Folies, pour emmener la divette.

— Nous comptons sur un grand succès dans la *Fille du Tambour-Major*, me disait-il dernièrement, je dis nous, vous savez, parce qu'en ma qualité de mari d'étoile, j'efface ma personnalité devant la sienne ; elle, c'est nous !

L'existence intime du ménage se résume en ces mots : l'un ou l'autre c'est : nous. Ils ne font qu'un artistiquement et naturellement ; trouvez-moi beaucoup de ménages mondains dont on puisse en dire autant ?

Que dire de plus ? J'ai déjà beaucoup trop pénétré dans la vie privée de la charmante Madame Simon-Girard, mais c'était bien nécessaire pour prouver qu'elle est partout, à la ville comme au théâtre, aussi jeune, aussi gaie, aussi simple et tranquille qu'une bourgeoise.

Quand on l'applaudit, elle est heureuse du plaisir que cela causera aux siens, elle ne vit que par eux et pour eux. Je ne veux pas dire, cependant, que Madame Simon Girard n'aime pas le théâtre pour lui-même ; il faudrait pour cela n'être pas véritablement artiste, et chacun sait qu'elle l'est au contraire de la tête aux pieds. Si elle se réjouit du succès, c'est d'abord parce qu'il lui prouve que le public l'aime, et elle reporte toute sa joie sur sa petite famille, avec la conviction que son bonheur les rendra joyeux.

C'est, en un mot, la femme d'intérieur absolument parfaite, et comme peu de personnes s'imaginent qu'il peut en exister au théâtre, j'ai eu déjà dans ce livre maintes occasions de le prouver.

Allons, madame Jabotin, dépêchez-vous d'être maman pour la seconde fois; nous avons hâte de revoir votre joli rire, et d'entendre votre délicieuse voix.

Dernière heure. — Au moment de mettre ce livre sous presse, on annonce que Madame Simon-Girard vient d'être mère d'un garçon. Sa joie doit être parfaite, puisque, ainsi, se trouve réalisé son plus cher désir: « Je voudrais tant, disait-elle, avoir un garçon et une fille ! »

Mademoiselle Simonnet

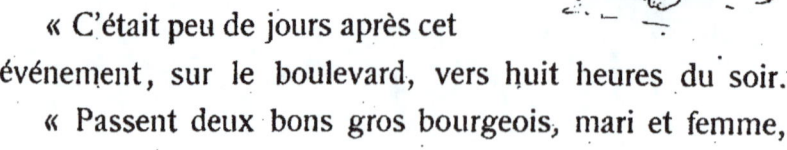

DANS une de ses anciennes chroniques, Scholl raconte un mot qu'il me faut citer ici :

« Un impresario, dont je n'ai jamais su le nom, et qui était alors directeur de la Renaissance, venait de faire un héritage aussi imprévu que considérable. Et tout Paris en parlait, comme on parle d'un phénomène quelconque : les Lapons du Jardin d'acclimatation ou... un sergent de ville civilisé.

« C'était peu de jours après cet événement, sur le boulevard, vers huit heures du soir.

« Passent deux bons gros bourgeois, mari et femme,

qui s'arrêtent un instant devant une colonne Morris.

« — Si tu veux, s'écrie le mari, je vais te mener à la Renaissance.

« — Est-ce que c'est drôle, ce qu'on joue là-dedans?

« — Je ne sais pas, je ne crois pas; *mais tu verras*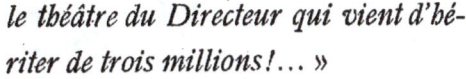

le théâtre du Directeur qui vient d'hériter de trois millions!... »

... Cela a l'air d'une simple boutade. Et c'est pourtant là une observation d'une singulière justesse.

Le public — j'entends le bon gros public qui va au théâtre parce que tout le monde y va, et ne s'amuse que si M. Sarcey lui en a donné la permission — s'intéresse toujours bien davantage aux petites particularités des acteurs, ou de la salle, ou du décor, qu'à la valeur artistique de la pièce.

C'est toujours l'histoire des gens qui, au Louvre, s'extasient sur le prix fabuleux qu'ont dû coûter tous ces cadres...

Et c'est la même raison qui fait que Mlle Simonnet pourrait fort bien aujourd'hui se passer de tout ce qu'elle a à profusion — jeunesse, beauté, talent — et réussir cependant à attirer de nombreux spectateurs.

Songez donc! *c'est elle qui chantait* « Mignon » *le soir de la catastrophe!...*

*

* *

Le hasard qui a voulu que Mlle Simonnet fût en scène au moment où éclata le terrible incendie de l'ancien Opéra-Comique, lui a, pour ainsi dire, attaché au pied un horrible boulet.

Elle pourra faire ce qu'elle voudra, chanter comme Adelina Patti, jouer comme Sarah Bernhardt, ou même se jeter par la fenêtre, elle est, elle restera toujours *l'actrice qui chantait* « Mignon » *le soir...* etc.

Il n'y a pas à aller là contre.

Vous rappelez-vous l'histoire de cet homme politique, qui, étant jeune, eut le malheur de se montrer au Bois, deux fois dans la même semaine, avec une horizontale fort connue ? Il fut aussitôt coté, pesé, étiqueté : *l'amant de Clara.*

Plus tard, il fit du journalisme, se fit remarquer, fut nommé député, puis ministre.

Quand on parlait de lui, on disait aussitôt, d'un air entendu :

— Ah! oui, *l'ancien amant de Clara!*

Et lorsqu'il mourut, le leader, qui, au bord de la tombe, salua ses restes inanimés d'un dernier adieu, s'écria d'une voix émue :

— ... Cet homme dévoué ne fut pas seul dans la

vie. Il a été aimé. Les femmes l'ont apprécié comme il le méritait. Ce fut *l'amant de Clara !*...

Mademoiselle Simonnet n'est pas la créatrice de *Proserpine* et du *Roi d'Ys ;* elle n'est pas la cantatrice française qui a su faire oublier la trop américaine Van Zandt et prouver que, chez nous, on trouve des rossignols; pour les neuf dixièmes de ceux qui l'applaudissent, elle n'est que *l'artiste qui chantait* « Mignon », etc...

*

*   *

Mignon ! une Mignon blonde et rose, et fraîche, grassouillette et gentiment dodue, telle est au naturel Mademoiselle Simonnet. Il y a loin d'elle aux dramatiques personnes qui avaient jusqu'ici interprété l'héroïne de Gœthe. Mais nous n'y perdons pas.

En scène, Mademoiselle Simonnet a tout le nervosisme et même l'apparence physique qu'il faut pour donner classiquement la réplique à Werther, et si dans sa loge, elle laisse voir que tout cela est postiche, qu'elle est au contraire gaie, souriante, reposée et bien en chair, ce n'est pas nous qui nous en plaindrons.

Il faut son sourire pour mettre un peu de gaîté dans cette pauvre loge, où, M. Paravey étant consul, la jeune diva est obligée de s'habiller.

Vous vous rappelez la description que j'ai faite de la loge de Mlle Deschamps.

Eh bien! celle-ci n'a rien à envier à sa camarade.

La loge de Mademoiselle Simonnet n'est ni plus ni moins élégante que la sienne, et elle est tout aussi mal située.

Il faut, pour y parvenir, monter tout autant d'étages, affronter le même nombre de courants d'air, franchir autant de lourdes portes et d'étroits corridors.

On arrive enfin. Et on trouve le même judas à l'huis, et, à l'intérieur, la même table de toilette à peine garnie du nécessaire, les mêmes armoires en bois peint à la détrempe, et, aux fenêtres, les tentures décolorées.

Mademoiselle Simonnet, qui se coiffe, est assise devant une glace maigre, mais brillamment éclairée par l'électricité — précaution plutôt que luxe. — et de l'autre côté de la cloison est accroché le miroir qui sert à Mlle Deschamps.

Quel contraste pour les yeux!

Cet ameublement sommaire et attristant, cet aspect de loge de province, et, là-dedans, en riche robe blanche,

LOGE DE MADEMOISELLE SIMONNET

toute blanche de satins et de dentelles, avec ses longues tresses blondes, Mademoiselle Simonnet, en épousée du Roy d'Ys, agrafant une ceinture de pierreries.

La première fois que je la vis ainsi, je restai comme frappée de mutisme.

Elle vit mon étonnement, sourit, et me dit le plus gaîment du monde ce mot charmant de résignation :

— Ce n'est pas ici, n'est-ce pas?... Mais c'est de la couleur locale. Il paraît que c'était comme cela dans les palais du temps de la pièce.

Je suis bien contente de ne pas avoir vécu en ce temps-là !

Mademoiselle Simonnet, au dehors du théâtre, mène une existence fort calme.

La chronique du boulevard n'a jamais à s'occuper d'elle.

Heureusement, il n'en est pas de même de la chronique théâtrale. Mademoiselle Simonnet est aujourd'hui à la tête de la troupe de M. Paravey (côté femmes).

Elle a une création dans toutes les nouveautés qu'il nous donne. Et, à chaque remise à la scène, elle reprend

25.

quelque rôle d'une ancienne étoile, qu'elle ne fait pas du tout regretter.

Ainsi, le Conservatoire voit encore une fois démentir ce méchant bruit que font courir certaines mauvaises... oreilles : à savoir qu'il distribue les premiers prix de chant à tort et à travers.

MADEMOISELLE JULIA SUBRA

ᴇʟʟᴇ personnifie admirablement la danse française, c'est-à-dire la danse noble, vaporeuse, élégante.

Ses poses sont des merveilles de grâce plastique, ses tours de reins, ses entrechats sont faits d'une façon si légère qu'elle ne touche pas les planches. Elle vole, elle plane, elle est adorable.

En outre, c'est une très jolie femme.

Ses cheveux blonds lui couvrent entièrement les épaules; ses yeux sont immenses et d'un bleu de saphir étoilé.

Elle a un corps souple, qui se balance avec la flexi-
bilité du roseau; sa taille est parfaite, ses bras ronds et
potelés; quant à ses jambes, elles sont tout simplement
d'un modelé, d'un galbe, dirait un sculpteur, qui allume
plus d'un incendie chez les vieux abonnés de l'Opéra.

Si vous joignez à ces grâces la magie de la scène,
le rayonnement des lumières et l'éclat des
robes de tulle, aux envolements indiscrets,
vous comprendrez bien vite que tous les
habitués de l'Académie nationale de musique
et de danse, aient pour cette Chimène les
yeux amoureux de Rodrigue..

Mais Mademoiselle Subra est peu tou-
chée par les soupirs d'amour; ce qu'elle
aime avant toutes choses, c'est la danse, c'est l'Opéra,
c'est l'enivrement dans lequel la jettent ses rôles; quant
aux amoureux, elle les laisse se morfondre : comme elle
a raison! Julia Subra est une élève de l'Opéra, et elle a
conquis tous ses grades un par un.

Cette créature éthérée, divine, est une fille de Mont-
martre. Son père était tailleur. Dès qu'elle eut l'âge, il
l'envoya avec sa sœur Constance à la classe de Mme Mérante.

Mais des deux, Julia seule montrait pour la danse de
sérieuses dispositions.

Mme Dominique s'en aperçut bien vite, le jour où, passant coryphée, la petite Subra entra dans sa classe.

Très travailleuse, très sagement conseillée par Mme Sacré, Julia Subra piocha ferme, étudiant ses rôles avec la constance et l'âpreté d'une artiste qui veut parvenir.

En outre, elle interprétait déjà ses rôles avec un jugement et une intelligence qui présageaient une future étoile.

C'est ainsi que, passée sujet, on la remarqua beaucoup dans *Don Juan*, *Faust*, *la Juive*, et plus tard dans *Hamlet*, où elle commença à faire la connaissance du succès.

Mais loin de la griser, les applaudissements ne firent que lui inspirer le désir d'en moissonner d'autres beaucoup plus nombreux.

Elle continua à travailler, et fit son chemin, jouant des coudes au besoin, et sautant d'un rôle à l'autre, pour le plus grand ébahissement de ses camarades moins intelligentes et, partant, plus envieuses.

Si on la jalousa, c'est presque inutile de le dire; si on la détesta, si on potina sur son avancement, on s'en doute bien.

Mais qu'importait à Mademoiselle Subra ? Elle avait la conscience, la certitude, de mériter ce que les autres appelaient sa chance, et qui n'était en somme que la récompense de son travail et de son talent.

Et malgré les mauvaises langues, elle créa le *Fandango, Françoise de Rimini*, et enfin *Coppélia* avec un succès toujours grandissant.

Où Subra excelle, c'est dans la plastique et les poses nobles.

Elle est, dit-on, le portrait de la Taglioni, et possède également sa légèreté et sa grâce.

M. Hansen, l'excellent maître de ballet de l'Opéra, s'exprimait un jour de la sorte sur les deux étoiles actuelles de la chorégraphie: Mauri et Subra :

— Vous n'ignorez pas, dit-il à un de mes confrères du *Gil Blas* qui l'interrogeait, que Subra passe aujourd'hui pour la perfection même, comme autrefois Taglioni. Rien ne laisse à désirer dans ce qu'elle fait : toutes ses poses sont purement académiques, voyez ses arabesques, ses attitudes. Le moindre de ses mouvements est rempli d'élégance et de correction, à tel point que l'ensemble paraît froid et n'emballe jamais le gros public.

Mauri, au contraire, est plus vive, plus originale, plus artiste si vous préférez. Elle sacrifiera volontiers la cor-

rection, sans la perdre jamais cependant, à la fantaisie, au charme, à la grâce, qui ravissent et enlèvent les masses.

Les tours de pointes de Mademoiselle Mauri sont aussi savamment exécutés que ceux de Mademoiselle Subra ; la seule différence, c'est que celle-là apporte en les faisant une fougue, un entrain qui ne sont pas dans le tempérament de celle-ci.

— Alors selon vous?

— Selon moi, Mauri est brune, Subra est blonde, et ce sont toutes deux des artistes de la plus haute valeur.

Mademoiselle Subra est, dit-on, une personne très sérieuse et très pratique. Elle vit simplement, économise comme la fourmi afin de pouvoir plus tard se reposer sans souci. Déjà elle possède une jolie fortune, elle a pignon sur rue, et des bijoux fort beaux. Dernièrement elle a acheté à Rueil une maison pour la jolie somme de cinq mille louis, afin d'y loger son vieux père.

Dans ces cas-là, la prévoyance change de nom; on l'appelle piété filiale.

Julia Subra n'est point seulement parfaite sur la scène, son charme réside surtout dans sa conversation.

Sa loge est un centre de réunion pour les longues causeries, quelques intimes seuls en ont le libre accès.

Mais ceux-là, elle les accueille avec une grâce adorable, si agréable qu'on en oublie l'Opéra, et qu'on gagne la salle juste au moment où l'étoile descend en scène.

L'étoile aime peu le monde. Elle préfère son chez elle, si coquet, aux fêtes, aux bals, aux soupers.

Elle ne songe pas à quitter l'Opéra ; bien au contraire, son intention est d'y finir sa carrière, là où sont ses sympathies, ses affections, ses admirateurs et ses amis.

Ce vœu est celui de tous ceux qui connaissent et qui aiment l'étoile.

Madame Aimée Tessandier

N entrant dans la loge de Madame Tessandier, on ne songe guère à la sombre lady Macbeth — aux cheveux noirs flottant autour de la tête pâle, comme les serpents de Méduse, aux yeux brûlant d'un feu diabolique, à la surhumaine énergie pour le mal — que fut naguère l'artiste à l'Odéon.

Mais bien plutôt à la lascive mousmée qui, dans la *Marchande de Sourires,* parmi les rutilances des fleurs du Japon, les poétiques et fantasques beautés des paysages, où les palais découpent sur l'horizon leurs toits pittoresques, ensorcelle de son sourire le pauvre Yamato et le conduit au crime.

Rien de frais et de charmant comme cette loge.

Elle est située, à la Porte-Saint-Martin, au deuxième étage, précisément au-dessus de la loge de Sarah Bernhardt, l'autre étoile qui, dans le *Macbeth* de Richepin, n'a pu effacer Tessandier, dans la pièce de M. Jules Lacroix.

La disposition des deux loges est la même.

L'ameublement et l'ornementation seuls varient.

Ici, c'est une note claire qui domine.

La pièce est toute tendue d'une étoffe à fleurissements pompadour, qui couvre les murs et monte jusqu'au plafond, forme draperie devant la porte et autour de la fenêtre, divise par un grand velum la loge en deux parties, salon et toilette, et cache, de-ci de-là, quelques recoins où les costumes se dérobent.

Le tapis est de même d'une nuance claire, assortie à la tenture qui drape également le plafond, et les meubles, peu nombreux, sont d'étoffe pareille.

Ce qui distingue cette loge, c'est la commodité, indispensable pour les rôles toujours chargés de Tessandier, rôles où elle n'a guère que le temps juste nécessaire pour ses rapides changements.

Pas d'encombrement et pas d'inutilités.

En entrant, à gauche, un large divan pour les visiteurs. Ce divan est situé sous une grande glace qui couvre presque toute la muraille, et encadré par deux pans coupés, encoignures formées par la draperie, et destinées à recevoir des objets utiles.

Assis sur le divan, le visiteur se trouve placé justement en face de la toilette dont il n'est séparé que par le velum que l'on peut écarter à volonté.

Cette toilette est un meuble large et fort beau.

De style empire, acajou à filets de cuivre, elle a la forme d'un bureau à table de marbre blanc, avec, au milieu, une échancrure pour le siège où s'assoit l'artiste, et de chaque côté, comme supports, des tiroirs profonds, où se dérobent les indispensables accessoires de la parure d'une femme qui, souvent, en une même soirée, doit changer dix fois non seulement de costume, mais encore d'allure, de physionomie et d'apparente identité.

Sur la table, les ustensiles de toilette, en écaille blonde, marquée A. T., en entrelacs d'or, s'étalent, avec les pots à rouge, le blanc gras, la patte de lièvre, sous une glace montant jusqu'au plafond, et munie, de chaque côté, d'un pan mobile, se mouvant sur charnières. La glace et les pans sont encadrés d'étoffe pareille à celle des tentures.

A gauche de la toilette, le long du mur, se trouve un second divan, et quelques chaises légères sont posées par endroits.

Peu de tableaux; seulement, à la tête de ce dernier dans un vieux cadre d'or, une peinture ancienne, copie d'une fresque romaine, où au-dessus d'une inscription latine se profilent des théories de personnages en peplums, bleus ou rouges. Et, à gauche de la porte, un fort beau portrait eau-forte d'Alexandre Dumas fils, avec une amicale dédicace du maître.

Mais, ce qui abonde, ce sont les boîtes, les cartons à chapeaux, aux multiples formes, ventrus ou sveltes, qui s'étalent, partout, en piles, sur les rayons, sur les sièges, débordant de rubans, de dentelles, d'étoffes soyeuses, de plumes, de fleurs.

Il y a là de quoi habiller dix femmes et... deux ou trois hommes.

Cela, sans compter le costume que l'artiste vient, en sortant de scène, de faire tomber au galop, jetant les bottes, arrachant les boutons et les aiguillettes, et dont les pièces se tassent à terre, ni celui qu'elle va endosser au prochain acte et qui, avec ses gaufrures bien fraîches, s'étale sur un des divans, disposé de façon que l'étoile puisse prendre, dans l'ordre voulu et le plus vite possible, les objets dont elle se couvre.

L'art ! l'amour de l'art !.. Il faut penser à tout ce que ces deux mots peuvent renfermer de passion active, dévorante, pour comprendre l'énergie d'Aimée Tessandier.

Tandis que d'autres croient avoir suffisamment rempli leur tâche, quand, en quelques répliques bien jetées, elles ont gagné la somme d'applaudissements qui suffit à leur bonheur, elle, se dépense toute, se donne entièrement, n'hésite pas à être la première au feu de la rampe, et la dernière à la chute du rideau.

Ce que l'on appelle un rôle chargé, loin de l'effrayer, l'attire.

On l'a vue dans Jack Sheppard.

La voici en scène, le rire aux lèvres, l'énergie dans les muscles, l'entrain endiablé brûlant les planches. Les battements de mains éclatent.

Que seraient-ils donc, si le public, admis un moment dans les coulisses, pouvait voir l'actrice aimée rentrer presque en courant dans sa loge, et là, haletante, des gouttes de sueur collant à son front sa perruque masculine, arracher, aidée de son habilleuse, le costume qui la couvre, et, prenant à peine le temps de respirer, revêtir celui sous lequel elle va reparaître tout à l'heure, aussi fraîche, aussi pleine de verve et d'ardeur qu'à l'instant même ?

Ah ! ce n'est pas là une loge où l'on cause !

L'artiste est charmante, aimable et gracieuse.

Mais, si elle a un visiteur, elle écoute bien plus qu'elle

26

ne répond. N'est-ce pas du temps et de la force perdus qu'elle doit au public ?

Elle n'a guère qu'un mot aux lèvres :

— Je vous demande pardon !... Je vous demande pardon !...

Et c'est le mot qu'on entend encore, à travers le velum baissé, quand un changement capital a exigé que la séparation fût établie entre les deux parties de la loge.

Pourtant, jamais un de nos confrères en journalisme n'eut à se plaindre de sa réception. Pourvu qu'on ne se présente pas au moment d'une transformation rapide, on peut être sûr d'être bien accueilli, mais, si l'on veut causer, il faut choisir un des grands entr'actes, sous peine de se voir bientôt interrompu par les trois coups du régisseur auxquels Madame Tessandier est toujours une des premières à répondre.

D'ailleurs, si elle aime l'éclat et la louange adressée à son nom, elle ne les cherche pas dans les intrigues de coulisses ou les flatteries. Elle a gagné l'estime de la critique et du public, à coups de succès, et non à coups de tamtam.

Ce n'est pas là une originalité qu'il convienne d'oublier en parlant des actrices de ce temps.

LOGE DE MADAME TESSANDIER

On sait à Paris que Madame Tessandier s'est faite elle-même. Elle ne doit rien au Conservatoire, et son talent naturel, sa façon toute personnelle de comprendre et de composer ses rôles le feraient deviner si ce n'était un fait bien connu.

Qu'importent les origines de l'artiste et comment lui vint le goût du théâtre ?

Ces détails, qu'on a coutume de donner dans toutes les biographies, sont en réalité d'un intérêt bien médiocre.

Ce qu'il vaut mieux savoir, c'est que depuis le premier jour où Madame Tessandier a paru sur une scène parisienne, elle n'a pas un instant passé inaperçue. De tous ses rôles, bons ou mauvais, elle a fait quelque chose. Elle les a tous marqués au coin de son originalité personnelle, dans tous, on sent qu'elle comprend la vérité d'une certaine façon, qu'elle sait voir et observer la vie et qu'elle a de tous points l'art du rendu.

L'artiste a aujourd'hui trente-six ans.

Depuis quelques années seulement, la critique a à s'occuper d'elle. Et ç'a été pour noter des créations comme le *Fils de Coralie, Macbeth, Ambra, Severo Torelli,* l'*Arlésienne.*

Ceci pour le drame.

Dans la comédie, Madame Tessandier n'a pas moins bien réussi. Avec son physique accusé, ses traits de Méridionale, plutôt faite pour la tragédie que pour toute autre chose, elle a dans l'*Age ingrat*, dans l'*Affaire Clémenceau*, montré qu'elle savait nuancer un rôle comique aussi bien que pas une.

Est-ce assez cela, cette comtesse Polonaise, qu'elle a donnée pour mère à Mlle Cerny ? Est-il possible de mieux rendre tout ce qu'il y a de naïveté, d'absence de sens moral, dans ce type de rastaquouéresse qui, d'abord, veut pêcher en eau trouble pour sa fille un mari archinoble, se contente ensuite, en guise d'ablette, d'un peintre célèbre, et aide enfin son enfant à tromper celui-ci pour rentrer de la main gauche dans un monde où elle n'a pu être admise de la droite ?

Et qui donc fit le charme de la *Marchande de Sourires*, cette erreur scintillante de Mme Judith Gautier, si ce n'est Tessandier, tour à tour, maîtresse passionnée et avide, puis mère aimante et toute débordante de sacrifice et de repentir ?

Aujourd'hui une grosse question se pose, qui sera peut-être résolue lorsque paraîtra ce livre.

La Comédie-Française voudra-t-elle, pour l'Exposition, compléter sa troupe dans laquelle l'absence de Sarah

Bernhardt laisse un vide irrémédiable, en s'adjoignant Madame Tessandier?

Celle-ci a, il est vrai, contre elle, sa carrière en dehors des règles, sa place taillée sans l'aide d'aucun professeur officiel.

Mais elle a, pour elle, ses succès.

Est-ce elle qui l'emportera ?

M. Claretie semble pencher fortement pour l'affirmative, mais rencontrera-t-il une opinion conforme chez son comité ?

En tous cas, il ne faut pas oublier que Madame Tessandier, tout en ne demandant pas le sociétariat immédiat, ne peut pas être engagée comme une petite pensionnaire, fraîche émoulue du Conservatoire, son prix en poche.

Madame Tessandier aime son métier.

Elle en vit, et ne vit que de cela.

Il faut donc qu'à l'honneur d'appartenir à la Maison de Molière s'ajoutent d'autres conditions, suffisamment solides pour être acceptables.

Si cela se réalisait, nous aurions là une *Athalie* nouvelle et d'une originalité indéniable.

Et ce qui serait le plus singulier, ce serait de voir cette artiste de drame, cette irrégulière en qui le classique n'a nulle place, nous ramener aux beaux jours de la tragédie.

Cela, ce serait un comble!

N. B. — Depuis que ceci a été écrit, l'engagement de Madame Tessandier à la Comédie-Française est chose faite, et à l'Odéon elle a créé *Athalie*; je ne pensais pas être aussi bon prophète.

Madame Louise Théo

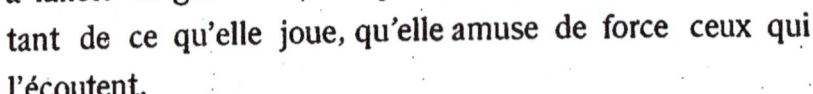

’EST, avec Jeanne Granier et Judic, le troisième astre de la constellation d'étoiles d'opérette, qui brille actuellement sur Paris.

La première est franchement gamine et bon garçon; c'est la gaieté incarnée, le rire sonore et franc, c'est aussi le rose minois futé, prompt à la répartie spirituelle, prompt également à lancer la gaudriole, et qui s'amuse tant de ce qu'elle joue, qu'elle amuse de force ceux qui l'écoutent.

La seconde minaude à ravir, et pourrait de son vrai nom s'appeler *Mam'zelle Nitouche*, tant elle possède à fond l'art des sous-entendus piquants et des mines pudibondes qui en disent si long !

La troisième enfin, c'est la chatte, la chatte mignonne, féline, caressante, ronronnante, qui se roule, se glisse, se pelotonne avec des ondulements, des mines, des caresses, qui grisent le spectateur et l'ont bientôt subjugué.

C'est aussi la femme pétrie de grâces, jolie et mutine comme un démon, avec ses cheveux d'or, ses yeux couleur de noisette, ses joues roses et ses dents si blanches dans sa petite bouche rouge au coin de laquelle rient les fossettes.

Elle a des bras potelés, des épaules d'un modelé parfait, et, autour du cou très blanc, ce pli de bébé qu'avait Nana, et qui lui donne l'air d'une gamine échappée de pension.

Son geste favori : les bras arrondis qu'elle replie sur sa poitrine, semble, quand elle le fait en scène, embrasser le public, son regard a des caresses pour tous, sa bouche des tas de sourires plus ensorceleurs les uns que les autres; elle semble dire avec tant d'ardeur:

— Je suis au public, toute à lui, rien qu'à lui, qu'il adore irrésistiblement l'enchanteresse Théo.

Il ne faut pas croire que tout ce qui la rend si attrayante soit étudié !

C'est la nature, rien que la nature.

Théo semble avoir été créée pour les caresses : chacun de ses gestes, chacun de ses regards en est une, inconsciente, qu'elle adresse à tous ; il est tout simple qu'on l'acclame, qu'on la fête, qu'on l'aime à la folie, c'est son rôle immuable, celui qu'elle a créé à sa naissance, et jouera toute sa vie.

A la ville elle est pareille, c'est-à-dire irrésistible. Elle a pour accueillir des paroles ensorceleuses, des sourires divins, et vous n'êtes pas en sa présence depuis cinq minutes que vous êtes sûrs de votre affaire : le charme a opéré, vous êtes pris.

Qui s'en plaindrait, d'ailleurs ? Si Théo n'était pas ainsi, elle ne serait pas Théo, et nous y perdrions trop, car elle ne ressemble à personne cette charmeuse, et il serait impossible de lui trouver un modèle.

Depuis qu'elle parut au firmament parisien, Théo a inspiré peintres, poètes, écrivains. On l'a chantée en vers, on l'a chantée en prose, on l'a peinte, photographiée, et toujours, quelque joli que fût le pastel, quelques mignards que fussent les sonnets, toujours la copie fut au-dessous du modèle.

C'est mignonne marquise Louis XV descendue de son cadre pour ravir nos contemporains par sa grâce inimitable.

s'est créé un genre à elle et bien à elle; victorieusement elle a planté son drapeau sans se soucier des rivales; qu'eût-elle redouté d'ailleurs? il ne ressemblait en rien aux étendards qui flottaient au soleil de la rampe. Et tout de suite conquis, Paris cria bravo à la gentille victorieuse.

La première grande victoire de Théo fut la *Jolie Parfumeuse*, un des glorieux souvenirs de la Renaissance. Pendant des mois, ce fut la mode pour les gilets à cœur, d'aller applaudir et couvrir de fleurs la Parfumeuse sans pareille.

Isabelle, la bouquetière du Jockey-Club, ne peut se rappeler ce temps-là sans émotion.

Ce qu'on a de fois pillé sa boutique pour la diva!

Ces beaux soirs recommencèrent aux Bouffes, de *Madame l'Archiduc* à *Madame Boniface*.

Ensuite, après des tournées triomphales dans le Nouveau-Monde, dont elle revint les mains et la bourse pleines de dollars, les malles gonflées de cadeaux et de bijoux, Théo créa aux Nouveautés *Adam et Ève*.

C'était inévitable : le lendemain toute la presse la proclamait l'Eve idéale, la plupart des critiques ajoutèrent même qu'Adam était dans son temps un veinard, si Eve, la vraie, ressemblait à Théo.

A la Gaîté, l'année dernière, elle fut, avec le pauvre Berthelier, la principale cause du grand succès de *Dix Jours aux Pyrénées*.

Il était indispensable qu'on allât voir la divette dans le duo des chats devenu si populaire, qu'il fut l'un des *clous* du bal de l'Orphelinat des Arts.

Depuis, elle est revenue aux Nouveautés pour la reprise du *Château de Tire-Larigot*, et la création de *Mimi*.

Mais, après cette pièce, elle voulut se reposer, au grand désespoir de Brasseur lequel, pour la circonstance, se rappela César le gendarme de *Mimi*, et prononça plus d'une fois son fameux :

— C'est dégoûtant !

Théo attend ; elle écoute des lectures de pièces nouvelles, prend note des offres, mais ne se décide pas encore à signer un engagement.

Je vous en prie, Madame, dépêchez-vous, on vous attend et on s'ennuie !

La loge de la divette aux Nouveautés est curieuse à plus d'un titre.

C'est un ancien magasin à costumes, qu'on lui a donné, vu l'exiguïté du réduit dans lequel elle devait primitivement s'habiller. Une immense armoire tient tout un panneau de la pièce, ce qui lui donne assez l'aspect d'un couloir. Au-dessus de ces armoires s'étagent jusqu'au plafond des piles de cartons à chapeaux. Comme loge c'était primitif, mais Théo est femme de ressources. En deux jours elle transforma ce corridor et en fit un charmant boudoir grâce à une tenture fleurie qui drape les armoires et les murs, à quelques sièges recouverts de soies claires, aux fleurs en corbeilles qui garnissent tous les coins, et aux mille bibelots fantaisistes dont sont recouvertes tables et consoles. Une toilette très grande entourée de guipures tient un des angles de la loge. A côté, s'étalent les costumes de la divette. Une portière de satin vieux rose brodée de fleurs et d'arabesques, sépare la loge du cabinet de toilette, sanctuaire où pénètrent seules Théo et sa femme de chambre.

C'est Mme Isabelle, une personne très avenante, et depuis longtemps l'*alter ego* de la divette, qui est préposée à la garde de la loge, et qui reçoit les visiteurs si nombreux quelquefois, qu'ils doivent s'empiler dans la pièce, ce qui fait rire aux larmes Madame Théo.

LOGE DE MADAME THÉO

Elle cause, rit, fait de l'esprit tout en s'habillant, tantôt à travers la portière, tantôt dans la loge quand elle n'a plus que quelques épingles à planter.

Le soir de la troisième représentation de *Mimi*, pendant le premier entr'acte, le souffleur vint prévenir Théo qu'on avait coupé plusieurs répliques à l'acte suivant.

— Encore ! fit-elle, on coupera tout bientôt !

Et, faisant à la hâte le raccord :

— Ça n'est plus une pièce maintenant, ajouta la divette, c'est un scénario !

*

* *

Théo habite, 17, boulevard de la Madeleine ; on la trouve généralement chez elle vers deux heures, et, de préférence, le jeudi de cinq à sept, bien qu'elle n'ait pas de jour.

Son appartement est fort beau.

La salle à manger a grand air, avec ses crédences de vieux noyer sur lesquelles s'étage l'argenterie massive. De grandes plantes vertes égaient ce décor un peu sombre. Sur les murs, des faïences, des assiettes du Japon, accrochent

27

les rayons de la lumière du lustre en vieux cuivre tout ajouré.

Les hautes chaises en cuir gaufré, aux initiales de la diva, ont une mine à la fois solennelle et engageante.

Le grand salon, qui fait suite à la salle à manger, est  décoré de tentures de soie rouge et de vieilles tapisseries. Les trois fenêtres donnant sur le boulevard sont drapées de triples rideaux de soie rouge et de tulle.

Sur le piano à queue voilé d'une étoffe précieuse, un grand palmier trempe ses racines dans une merveilleuse potiche de la Chine, tandis que ses larges feuilles vont frôler le plafond.

Sur des chevalets sont placés des tableaux, que le bon goût de Madame Théo sait choisir à merveille. Un grand portrait en pied de la maîtresse du logis tient, comme de juste, la place d'honneur.

Par-ci par-là, s'espacent les sièges invitants et moelleux, et de tous côtés des fleurs, des plantes, des corbeilles enrubannées.

Dans des vitrines, sur des tables légères, de mignons

bibelots attirent les yeux. Ce sont des saxes, de petits
personnages aux mines précieuses, des futilités en argent
ou en ivoire, des bonbonnières, des coupes lilliputiennes,
des bonshommes aux grimaces drôles, des magots
ventrus.

Les œuvres d'art sont en belle
place dans ce salon d'artiste; elles
y sont représentées par des statues de bronze ou de marbre,
signées de noms célèbres.

Par une baie très large, on
aperçoit le petit salon tout intime,
où la divette se tient de préférence, et où elle s'enfuit à l'annonce d'un raseur. C'est là aussi
qu'elle relègue ses amis quand
arrive une visite à expédier.

— Comme ça, dit-elle gaiement, il s'en ira plus vite,
et nous pourrons rebavarder.

Elle est adorable avec ceux qui lui inspirent de la sympathie, elle cause avec un abandon charmant de ses
enfants, de sa vie, et quand on la quitte bien à regret, oh !
c'est clair ! on est sous le charme.

Elle a une façon si simple et si cordiale de vous accueillir, elle sait trouver avec tant de tact le genre de conversation qui vous intéressera ! Puis elle est si jolie dans ses robes d'intérieur arrangées avec un art inimitable !

Qui ne le sait ? Théo est l'inspiratrice des toilettes qu'elle porte et qui font fureur ensuite. Elle les crée dans son imagination, le couturier n'a ensuite qu'à copier le modèle indiqué.

Il y a la robe Théo, le chapeau Théo toutes les saisons, et, cet été, la délicieuse mante Théo, si gracieuse, si seyante, que toutes ont portée mais qu'elle rendit jolie, rien qu'en la chiffonnant à sa façon sur sa délicieuse petite personne.

Un souvenir à propos du fanatisme dont elle est l'objet partout :

Dernièrement un Américain voulut lancer un nouveau papier à cigarettes. Il cherchait le *clou* qui ferait son succès depuis assez longtemps, et, finalement, adopta l'idée ingénieuse de donner à tout acheteur de 25 cahiers, un grand portrait de Théo dans *Adam et Eve.*

Sa fortune aujourd'hui est assurée et, pour témoigner sa gratitude à celle qui en était la cause, il lui envoya un cadeau superbe, enveloppé dans le portrait.

A Paris, si l'enthousiasme n'est pas aussi exubérant, il est aussi grand, aussi sincère, la divette a des milliers d'amoureux qui l'adorent, et je voudrais bien voir la capitale sans le regard enjôleur et le sourire de Théo !

Voici le portrait qu'a fait de Théo M. Charles Diguet dans son livre *Les Jolies femmes de Paris,* livre aujourd'hui introuvable et qui fit tant de bruit dans la presse d'alors.

Arsène Houssaye à ce propos disait que Charles Diguet était à jamais le *peintre ordinaire des jolies femmes :*

« N'était le pire destin des meilleures choses, un sourire qui semble devoir être éternel fleurit cet aimable visage. A ce blond sourire se sont accrochés tous les cœurs en disponibilité et... ceux mêmes que n'ensoleillait qu'à demi l'élue des ardeurs premières. C'est à elle que Largillière, beau diseur et éminent portraitiste, eût dit : « Vous avez un teint si charmant qu'on vous croirait de la race des fleurs. » Fleur en effet éclose sous les rayons de l'Amour et reversant de mille manières les effluves ignéennes du Dieu. Théo n'a pu être conçue par un jour brumeux. Le soleil, germe de la vie féconde, devait illuminer le ciel et teinter l'azur en rose. Elle en a conservé les lueurs ; et sa chair, d'un tissu serré et ferme, en a gardé cette vitalité inconnue aux vignettes qui encombrent notre siècle hâtif. Nimbée d'un nuage blond, la figure de la rieuse enfant possède la saveur d'un fruit charmant que toute dent voudrait mordre, dût le sang jaillir par les blessures amoureuses. Comme *a parte* dans cette symphonie blonde des cheveux et du teint, des sourcils noirs surplombent l'œil translucide et lui donnent un air presque profond d'un grand effet. La prunelle, aux heures heureuses, acquiert de vagues reflets d'émeraude décomposée par un prisme et fait rêver de l'Empirée terrestre. Alors, le regard câlin effleure les bords fleuris de l'île enchantée. L'éclair du regard est humide et nacré ; il irise l'âme. La bouche, fraîche sans indolence, provoque. Naïvement insidieuse, la lèvre inférieure se déroule harmonieuse comme le rebord d'une coupe ciselée pour les Dieux. Les oreilles, divinement ourlées et conformées pour entendre les litanies de l'amour, ont l'aspect d'une fleur de Nérion. Le menton s'arrondit en courbe d'une élégance extrême ; il parle à lui seul tout le langage des tendresses. Il convenait à Théo d'avoir des robes sans manches : ainsi elle laisse à l'épaule et à ses bras la liberté d'une gesticulation charmeuse. Ces épaules sont belles et polies comme le plus beau marbre rose. La gorge sobre en son ampleur a été signée par le Statuaire Éternel. Pas de mièvreries. Les seins sont d'une perfection suprême et le Moineau de Lésbie n'a point eu de couchette plus accomplie ni plus vertigineuse. Point n'est souci, à cette perfection, de colliers de perles et de calaïtes, le collier dit : « collier de la Vierge » enrubane délicieusement le cou et donne le dernier sceau à ce poème de la Chair !

« Née à Paris, et n'en étant point ou presque point sortie, Théo a toutes les grâces des anges sans ailes que cette terre du bien et du mal invente pour les clameurs du monde *extra muros*. Depuis sa chevelure lascive jusqu'à son petit pied furtif et parleur, son corps moëlleux est pétri de fascinations. Après un siècle, il cause le langage de la Régence. Il en a les bonnes façons, et le talon de ce pied marmoréen a été rouge dès sa création.

« Théo porte en sautoir le grand cordon de la séduction. »

Achevé d'imprimer

Le 2 Mai mil huit cent quatre-vingt-neuf

PAR NOIZETTE

POUR

E. DENTU, LIBRAIRE-ÉDITEUR

A PARIS